퀀텀 마인드

퀀텀 마인드
우주와 나에 대한 양자역학적 탐구

초판 1쇄 인쇄 2024년 5월 20일
초판 1쇄 발행 2024년 5월 25일

지은이 양남이
펴낸곳 굿모닝미디어
펴낸이 이병훈

출판등록 1999년 9월 1일 등록번호 제10-1819호
주소 서울시 마포구 동교로 50길 8, 201호
전화 02) 3141-8609
팩스 02) 6442-6185
전자우편 goodmanpb@naver.com

ISBN 978-89-89874-48-5 03180

QUANTUM MIND

우주와 나에 대한 양자역학적 탐구

퀀텀 마인드

| 양남이 지음 |

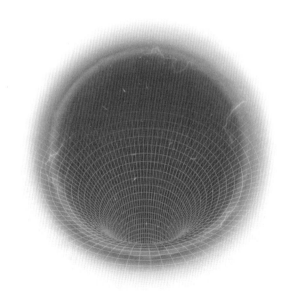

굿모닝미디어

'나 자신'을 찾아가는 모든 이들에게

어느 날 가까운 지인이 나를 찾아와 "요즘은 문득문득 매우 중요한 뭔가를 놓치고 사는 것은 아닌가?" 하는 생각이 든다며 심각한 얼굴로 토로하였다. 그런데 정작 놓치고 사는 중요한 것이 무엇인지를 알 수 없어 마음은 더욱 공허하다 하였다. 나 역시 비슷한 문제를 오랜 시간 고민해 왔던 터라 그녀의 고뇌에 더욱 공감이 갔다. 젊은 시절 바쁘게 살 때는 몰랐던 소외된 '나 자신'(내면의 근원)에 대한 막연한 그리움, 갈망이 본능적으로 내재해 있는 것 같았다. 이렇게 우리는 나이가 들면서 채워야 할 텅 빈 공간이 자신의 내면에 있음을 알아차리고 자신의 존재와 근원에 대해 궁금해하기 시작한다. 나는 누구인가? 나는 무엇을 위해 이 삶을 선

택하였나? 나는 어디로 가는가? 등등.

나의 근원에 대해 알고 싶은 욕구를 에이브러햄 매슬로 (Abraham Maslow)는 '자아실현의 욕구'라 정의했다. 그는 인간의 욕구를 5단계로 제시했는데, 그중 가장 최고 단계인 자아실현을 전 우주와 연결된 나의 근원인 '나 자신', 즉 '내면 자아'를 알고 싶은 욕구라 하였다. 이 말을 처음 접했을 때는 모호하게 느껴져 나의 관심을 사로잡은 자아실현은 어떻게 하는 것인지 알고 싶어졌다. 그래서 철학과 분석 심리학 분야의 독서와 강의를 들으며 공부하다 보니, '나 자신'을 찾는 방법이 하나로 모아졌다. 바로 명상이었다.

어느 해 봄, 봉인사에서 열흘 동안 사마타(śamatha)[1]와 위빠사나(vipassanā)[2] 집중수행 프로그램이 있어 참가하게 됐다. 그리고 다음 날 '아~ 이거구나!' 명상수행은 그동안 내가 찾던 것이 무엇인지 알 수 있게 해줄 거라는 희망을 주었다. 이렇게 만난 명상수

---

1) 사마타(奢摩他)는 산크리스트어로 '지(止)'를 뜻한다. 마음이 고요히 한 대상에 머물러 있어(止) 사념이 일어나지 않는 상태(원효의 《금강삼매론》).
2) 어느 한 대상에 마음을 집중하여 고요한 상태(삼매)를 얻은 후, 끊임없이 변화하며 생멸하는 물질을 '있는 그대로' 관찰하는 수행. 붓다가 궁극의 깨달음을 얻은 수행법이다.

행은 내가 기대한 것보다 훨씬 강렬하게 나를 나의 내면과 만나게 해주었다. 내 안에서 생각(사념)의 장막을 걷어 내자 이미 불 밝히며 투명하게 빛나고 있던 내면의 빛이 밖으로 터져 나왔다.

그 빛은 눈을 뜰 수 없을 만큼 강렬했다. 물론 눈을 감고 명상에 들지만, 내면의 눈이 떠져 내 안에 불이 밝혀지면 마치 육체의 눈으로 보는 것과 같았다. 내면의 눈이 떠져 나의 '내면 자아'(본성)를 만난 뒤 10년을 더 수행하자 '나 자신'뿐만 아니라 이 세상을 이루고 있는 정신과 물질세계, 또 텅 비어 보이는 우주 공간의 내부구조도 조금씩 엿볼 수 있었다.

놀랍게도 수행 중에 내가 본 모든 것은 양자(quantum) 세계를 설명하는 양자역학과 정확히 닮아 있었다. 그러자 물리학자가 아닌 영적 수행자로서 내가 본 양자적 미시세계와 우리의 근원인 양자 마음(의식)에 관한 체험담을 세상과 나누고 소통하고 싶었다. 방법은 과학적 접근이다. 독자들이 열린 마음으로 봐줬으면 하며, 나의 체험 이야기들을 양자 세계의 특성과 같이 엮어 전개했다. 한마디로 이 책은 내가 '양자의식'으로 보고 알게 된 것들을 기록한 것이다.

물질명상 중에 본 궁극의 물질인 '깔라빠'[3]의 찰나적 생멸과 새로운 물질 생성과정은 놀라울 만큼 양자들의 행동방식과 유사했다. 그리고 내가 우주 빈 공간(허공)의 내부구조를 본 현상들이 이미 이론으로 나와 있어 이 책을 쓰면서 다시 한번 놀랐다.

양자들의 세계는 현실 세계와 너무나 다르다. "양자역학을 연구하면서 머리가 어지럽지 않은 사람은 양자 이론을 제대로 이해하지 못한 것이다."[4]

이처럼 기이한 양자적 특성을 바탕으로 내가 체험한 내면세계와 나 자신(양자의식)을 설명하는 까닭은 그 둘의 특성이 정확히 닮았기 때문이다. 그리고 나의 '내면의 눈'(제3의 눈)으로 본 우리의 물질세계 역시 양자 현상과 같았다. 깊은 명상으로 체험한 신비 현상들은 결코 허구가 아닌 과학적으로 설명이 가능한 우리의 확장된 세계였다.

내가 물질명상[5] 중에 체험한 것들 역시 내면의 눈(제3의 눈)인

---

3) 깔라빠: 산크리스트어로 명상 중에 보게 되는, 이 세상을 이루는 최소 단위 물질로 원자 이하의 전자나 쿼크 같은 아원자.
4) 덴마크의 물리학자 닐스 보어(Niels Bohr)의 말.
5) 물질명상: 근본 물질(깔라빠)을 대상으로 하는 명상. 물질의 속성(지(地), 수(水), 화(火), 풍(風), 색(色), 향(香), 미(味), 영양소)과 새로운 물질의 생성을

송과체가 활성화되어 본 것이어서 둘 다 인간의 감각으로는 감지할 수 없는 세계이다. 그러다 보니 책으로 엮는 일이 쉽지 않았다. 물론 이런 세계의 물질들은 지구에서 검출할 수 있는 한계 너머의 에너지를 갖는 물질들이고, 그런 만큼 검증은 어려우나 이미 위대하고 아름다운 이론으로 세상에 밝혀진 것들이다. 그럼에도 불구하고 나의 기록들이 지금 시점에서는 조금 급진적인 생각으로 보일 수도 있다. 하지만 물리학자들에 의해 드러난 이론과 법칙들이 현실세계와 다차원적 내면세계에서도 그대로 적용되고 있어 이를 접목해 내가 본 세계를 풀어썼다.

또한 내가 본 세계를 통해 '나 자신'을 비롯해 우리 세계의 청사진과 같은 '내면 질서'[6]와 그 원리를 설명해 줄 수도 있겠다는 생각에 용기를 얻어 이 책을 썼다. 이 결과물이 관심 있는 분들에게 귀한 자료가 되길 바란다. 이런 소중한 과정이 나에겐 너무 즐거운 일이었다. 많이 부족하지만 내 안에 빛으로 있는, 우리 근원의 마음이자 의식인 '나 자신(I am)'을 찾아가는 독자들에게도 긴 여

본다. 그리고 물질의 찰나적 생멸을 보고, 물질의 무상함을 '보고 아는 지혜'를 얻는다.
6) 영국의 물리학자 데이비드 봄(David Bohm)이 말한 '접힌 질서'에 해당한다. 이는 감각 너머의 보이지 않는 세계로, 엄연히 존재하는 우리 세계의 근본이 되는 내면의 질서이다.

정에 작은 등불이 되었으면 하는 마음을 담았다.

언제나 아낌없이 지지해주는 가족, 그리고 호흡명상과 사대명상수행, 물질명상과 마음 명상을 함께 지도해주신 사야도께 특별히 감사의 말을 전하고 싶다. 아울러 나의 체험을 함께 나눌 수 있도록 도와주신 모든 분께도 깊이 감사드린다.

평화가 모든 이와 함께하기를.

양남이

차례

1장

2장

3장

서문

이 글은 이 세상을 이루고 있는 최소 단위인 가장 작은 입자(양자, quantum)들의 세계에서부터 광대한 우주 공간의 내부(이 또한 양자장으로 되어 있다)까지, 그리고 보이는 현실 세계에서부터 보이는 것 너머의 다차원까지 다루고 있다. 마음(의식)에 의한 파동에너지가 어떻게 우리 자신과 물질세계(현실)를 변화시키고 우리의 삶을 창조하는지 마음의 파동에너지인 진동주파수로 비유해 설명한다. 즉 우주 공간과 마음에 관한 기록이다.

사실 의식과 마음도 물질이다. 우리 마음도 물질로서 양자적 성질(특성)에 의해 입자이면서 파동의 성질을 가지고 있고, 그 위치를 알 수 없어 어디에나 확률로 중첩되어 존재한다. 마음(의식)이 가는 곳에 물질로 그 모습을 드러낸다. 이처럼 마음은 양자적 특성을 가지고 작용하고 있어 이 책에서는 양자 마음(빛나는 마음) 또는 양자의식이란 개념으로 설명하였다. 이런 마음은 파동의 성질로 진동하는 에너지를 가지고 있고, 우리 자신과 우리의 삶을 변화시키며 창조하는 힘이 있다.

그래서 이 글은 '나 자신'[7]이기도 한 의식과 마음 세계를 다루고 있으며, '나는 누구인가'에 대해 양자역학적 측면에서 살펴본 우리 자신에 관한 이야기이다.

그럼 그 여정을 따라가 보자.

10년 넘게 명상수행을 하다 보니 초공간(hyperspace)이라 불리는, 우주의 빈 공간인 허공[8]의 내부구조를 들여다볼 수 있는 '내면의 눈'(제3의 눈)이 떠졌다. 처음 눈앞에 보인 허공의 내부는

---

7) '나 자신'(양자의식 또는 양자 마음, 참나, 순수의식): 명상으로 내면의 눈이 떠져 깨어나면 눈을 감아도 빛이 내면에 가득하게 된다. 이때 빛나는 텅 빈 공간을 바라보는 의식이 있다. 이 바라보는 의식을 '양자의식' 또는 빛으로 있는 '나 자신'이라 한다.

8) 빈 공간인 허공: 우주의 빈 공간이기도 하고, 눈을 감고 명상으로 깊이 몰입해 들어가면 눈앞에 나타난 '나 자신'의 모습이기도 하다. 즉 텅 비어 있지만 청정하게 알아차리는 (허령지각(虛靈知覺)) 상태의 모습이다.

밝은 밤하늘에 레이저 빛으로 된 해바라기 씨 문양이 무한한 내면 공간에 펼쳐진 모습이었다. 명상을 위해 눈을 감으면 그런 현상이 언제나 눈앞에 나타났으나 처음엔 그저 '신비 현상이구나!' 하며 지나쳤다. 그 후 물질명상 수행으로 근본 물질인 깔라빠(kalàpa)을 보게 되었다. 마법 같았다. 깔라빠는 무질서하게 밤하늘의 별들처럼 깜빡이다가 어느 순간 레이저 빛 격자무늬를 이루며 텅 빈 나의 내면 하늘의 공간을 채우고 있었다.

이런 현상과 체험을 나는 과학으로 이해하고 싶어 양자물리학을 깊이 공부하게 되었다. 내가 수행 중에 체험한 레이저 선들은 공간을 나누고 힘을 나르는 역선(lines of force)이었다. 이는 영국의 실험물리학자 마이클 패러데이(Michael Faraday)가 공간에 물질을 매개하는, 빛으로 된 거미줄 같은 선들이 있을 거라 가정한 바로 그 선들이었다. 이러한 패러데이 선들이 공간을 이루고 있다는 것은 양자물리학자들에 의해 밝혀졌다. 이는 오늘날 '장(場, field)'이라 불리는 양자화된 공간의 모습이다.

내가 명상 체험 중에 알게 된 것들은 그저 단순한 신비 현상이 아니었다. 우리의 오감 너머로 보이지 않는 우주 공간의 내부모습을 체험한 것임을 알았다. 그러자 나는 '나 자신'뿐만 아니라 이 세상을 이루고 있는 정신과 물질의 내부구조 모습을 더 직접적이고 사실적으로 설명할 수 있는 의미 있는 작업을 시도하고 싶었다. 그리고 이러한 놀라운 세계를 많은 이들과 공유하고 싶고 기록으로 남기고 싶었다. 그래서 내가 들여다본 초공간인 우주 빈 공간의 경이로운 모습을 글과 그림으로 충분히 전달하고자 했다. 그런데 이렇게 기록하던 중에 내가 체험한 많은 것들이 이미 과학자들에 의해 완벽한 이론과 증명으로 나와 있어 나 역시 매우 놀랍고 흥미로웠다.

이 책에서 나는 내면에서 빛으로 지켜보고 있는 관찰자 의식(미세한 양자의식)과 현실의 나(에고)를 진동에너지로 비교해 설명하였다. 미세해질수록 높은 진동에너지로 떨리는 내면의 '나 자신(I am)'에 대한 앎으로 참 자유함과 창조하는 삶에 대해 숙고할 수 있었다. 이런 풍요의 시간을 가졌었기에, 독자도 그런 경험의 시간을 갖기 바라면서 나는 다양한 각도로 확장된 의식의 세계를 전달하고자 했다.

내가 본 이 '세상'과 '우리'도 물질로, 진동하는 에너지로 깜빡이는 양자들과 같았다. 그래서 '우리' 역시 깜빡이며 '생겼다 사라졌다'를 반복하는 홀로그램과 같았다. 이처럼 우리의 실재 모습은 놀랍게도 홀로그램 같은 환영(일루션)이고, 이 세상 또한 그 실재는 환영과 같이 순간순간 생멸하는 모습이었다.

이렇게 말하면 '이 세상은 무슨 의미가 있냐'며 약간의 허무주의에 빠질 수 있으나, 양자 세계의 원리를 알면 이 일루션(환영)이라는 것에 큰 의미가 있다. 순간순간 깜빡이며 존재하는 '우리'의 진정한 의미는 양자들의 움직임처럼 자유로운 에너지로 무한 가능성의 상태에 있다는 것이다. 이는 양자들의 속성이고 신의 속성이기도 하다. 즉 우리 자신도 입자이면서 파동의 성질을 지니고 모든 곳에 가능성으로 (확률로) 중첩되어 변화 가능한 자유로운 상태로 존재한다는 것이다.

그러므로 우리는 이런 양자적 특성으로 얽혀 이곳과 평행우주, 다차원(전생, 사후생, 꿈)의 나와 의식에너지(고유주파수)로 연결되어 (얽혀) 있다. 그리고 생각에 따라 그 진동에너지에 맞는 세상을 내 앞에 끌어당겨 펼칠 수도 있다. 이 모든 것은 무소부재(無所不在, omnipresence)와 전지전능(omniscience)의 방식에 따른 신의 속성으로, 우리 역시 그렇게 존재함을 양자역학은 말하고 있다. 즉 없는 곳 없이 모든 것들이 모든 곳에서 동시에 존재하고 있다.(Everything Everywhere All at Once.)[9]

그래서 우리 역시 양자들처럼 진동하는 에너지로 자유롭게 모든 곳에 존재할 가능성의 상태로 있다. 또한, 자신만의 고유주파수로 깜빡이며 자신의 세상을 창조할 수 있다. 우리는 하나의 거대한 망(網)에 연결된 '하나'이다. 그래서 우리는 진동하는 에너지의 힘으로 마음과 몸의 변형이 일어나게 할 수 있고, 원하는 자신의 삶을 스스로 창조할 수도 있어 삶의 비밀이 여기에 있다고 할 수 있다. 즉 우리의 마음이 내보내는 생각에너지에 의해 높은 진동에너지가 작동하면 물질적 풍요와 마음의 풍요를 누릴 수도 있고, 낮고 느린 진동에너지로 인해 빈곤 속에 머물 수도 있다. 이것을 아는 것이 진정한 삶의 비밀(시크릿)이다. 생각도 물질이므로 심장에서 내보낸 생각과 감정은 강한 전자기 파장으로 에너지장을 타고 퍼져 나가 나와 내 주변을 바꾸고 디자인하는 역할을 하기 때문이다.

따라서 우리가 단단한 물질로 된 형상(육체)이냐 아니냐는 전혀 중요하지 않다. 내면의 빛나는 의식으로 조용히 바라보고 있는 우리의 본성을 아는 것과 마음으로 내보내는 생각과 감정이

---

9) Everything Everywhere All at Once : 영화 배우 양자경이 아카데미 여우
   주연상(제95회)을 수상한 영화 제목. 양자(quantum)의 특성을 짧게 잘 표
   현하고 있는 제목이기도 하다.

곧 '나 자신'이라는 것을 아는 것이 무엇보다 중요하다. 이 점을 생각해 이를 알아가는 작은 빛이라도 되었으면 하는 마음을 이 책에 담았다.

이 이야기의 마지막 축은 명상이다. 명상은 우리의 근원에 다가가 내가 누구인지 알게 해주고, 내면에서 올라오는 마음을 보게 하는 힘을 가져 내면탐구에는 최고의 도구였다. 나에게 명상은 생의 터닝 포인트(turning point)가 되어, 내 삶의 방향을 완전하게 바꿀 만큼 강력한 힘으로 나를 변화시켰다.

사람마다 명상의 목적은 다르겠지만 그것은 스트레스 해소나 정서적 안정 등 적당한 릴랙스 이상이었다. 감사하게도 처음에 접한 명상이 마음을 한 곳에 집중하여 내면을 고요하게 하는 사마타(śamatha), 그리고 통찰력과 지혜를 얻기 위한 위빠사나(vipassanā) 집중명상이었다.

첫 수행 때 내면에 빛으로 빛나고 있는 청정한 '나 자신'을 만나게 되었다. 그 뒤 오랜 수행을 통해 나의 의식에너지가 점차 높아지면서 자연스럽게 송과체가 활성화되어 '내면의 눈'(제3의 눈)이 떠졌다. 수행으로 얻은 내면의 눈으로 근본 물질의 찰나적 생

멸을 볼 수 있게 되었고, 물질의 무상함을 알고 보는 지혜를 얻을
수 있었다. 그렇게 알게 된 내면세계는 참으로 놀랍고 경이로웠
다. 더욱이 송과선(pineal gland, 좌우 대뇌 반구 사이에 있는 솔방울
모양의 내분비 기관)에서 분비되는 멜라토닌이 높은 진동에너지에
의해 다양한 신경전달물질들로 바뀜에 따라 놀라운 일들이 일어
났다. 그런 물질들은 의식의 확장뿐만 아니라 마음과 몸의 변형
도 일어나게 했다.

사마타 수행 중 들숨 날숨으로 시작하는 수행은 의식을 호흡에
집중해 선정삼매(禪定三昧)를 얻는 것이다. 삼매에 들면 기쁨이
있고 평안한 지복(至福) 상태에 머물 수 있게 된다. 그리고 그 집
중의 힘(빛의 힘)으로 다른 수행을 할 수 있게 돼 지혜를 얻는 것
이다. 여기서 지혜란 있는 것을 '있는 그대로' 볼 수 있는, 즉 물질
의 생멸을 보고 무상함을 아는 위빠사나 지혜를 말한다. 집중의
힘이 크면 몸과 의식의 진동수가 높아져 신비로운 현상들이 일어
나는 것이지 수행의 목적은 아님을 말하고 싶다. 이 책은 다양한
명상수행을 통해 내면의 힘으로 알게 된 놀라운 5차원적 내면세
계와 마음, 즉 생각과 감정의 진동에너지가 우리의 삶을 얼마나
놀라운 힘으로 변화시키는지를 공유하기 위해 쓰였다. 이 점을
다시 한번 말하고 싶다.

명상수행 중에 시간을 거슬러 올라가 엄마 배 속에 잉태되기 전의 '과거생(전생)'을 보고, '이번생'을 있게 한 원인이 되는 마음을 들여다보게 되었다. 오래된 영화 속에 마치 내가 직접 들어가서 보고 있듯이 '과거생'의 여러 모습 중 '이번생'의 원인이 되는 곳에서 현재의 내가 보고 있었다.

이 수행의 목적은 생의 원인과 결과를 보는 것이었다. 놀랍게도 나의 '현재생'의 원인은 과거의 나의 마음작용이 원인이 되어 현재라는 결과로 나타났다는 것이다. 이러한 체험은 마음작용의 원인과 결과라는 원리 이해만으로도 의미가 크지만, 또 다른 의미로도 해석될 수 있었다. 이를 양자역학적으로 해석하면 나의 '과거생' 체험은 남들은 모르는 나만의 단순한 체험 이상이었다.

내가 지금 이곳에서 눈을 감고 필름을 뒤로 돌리듯 기억을 하루하루 뒤로 돌려 '과거생'의 어느 한 장면을 볼 수 있다는 것은 모든 순간이 동시에 한꺼번에 있기 때문이다. 양자역학적으로 가능한 세계다. 그래서 나는 현재 여기에 있지만 내가 보고 싶은 그 순간에 접속할 수 있었던 것이다. 나는 여기에도 있고 또한 그곳에도 있었다. 모습은 달랐지만 '과거생'을 본 즉시 '나'라는 것을 알아볼 수 있었다. 다차원의 우리는 미세한 양자적 의식에너지로 서로 얽혀 있는 양자들처럼 서로의 고유 진동에너지를 공유하고 (얽혀) 있기 때문이다. 이는 우리도 양자들처럼 중첩되어 모든 곳에 존재할 수 있음을 알게 해준 체험이었다.

그러한 특성으로 우리는 차원과 시대와 장소를 넘어 이곳에도 있고 또한 그곳에도 있었다. 즉 우리가 알고 있는 시간의 개념인 과거, 현재, 미래라는 순차적인 흐름은 없다는 것이다. 이는 모든 순간이 동시에 한꺼번에 있다는 과학계의 설명과도 같다. 다시 말해 나의 수행 체험은 모든 것이 지금 이 순간 모든 곳에 동시에 한꺼번에 존재한다는 것을 알게 해준 체험이었다. 이것은 평행우주의 다세계에도 존재하는 또 다른 나의 모습을 본 체험이라고도 할 수 있다. 놀랍게도 이처럼 시간 역시 양자화되어 현재뿐만 아니라 과거 또한 지금 이 순간 한 번에 동시에 존재하고 있었다.

명상으로 얻은 '내면의 눈'이 본 것 중 가장 놀라웠던 것은 햇빛 속에서 본 오팔색 홀로그래피 디스크와 같은 둥근 물체였다. 이것은 오팔색으로 빛을 내며 허공에 둥둥 떠서 산들산들 흔들리는 모습으로 우리의 (우주의) 텅 빈 공간에 가득했다. 이 오팔색 둥근 물체는 내면에 정보를 기록하는 방법인 파동의 간섭무늬로 되어 있었다(23장 참조). 우리의 허공이 홀로그래픽 스페이스로 되어 있어 모든 정보가 시공의 양자장에 저장된 것처럼 보였다. 그리고 이 정보가 투영된 세상에 우리가 살고 있다는, 홀로그램 우주론이 생각나는 체험이었다.

그도 그럴 만한 것이 허공에 둥둥 떠 있는 동전 모양의 오팔색 디스크는 LP판처럼 둥근 홈의 간섭무늬를 띠었다. 그것은 마치 정보를 저장한 것처럼 수많은 물결 모양의 간섭무늬로 가득했다.

3차원 정보를 2차원 홀로그래피 디스크에 기록하는 방법이 바로 물결 모양의 간섭무늬이다. 이것은 어쩌다 한번 볼 수 있는 것이 아니라 언제 어디서나 햇빛 아래서 (다른 빛에서도 가능) 볼 수 있는 현상이다. 세상을 설명하는, 많은 것을 담고 있는 이런 현상이 언젠가 과학적으로 입증된다면 이 세상을 이해하는 데 중요한 역할을 할 것이다.

세상의 정보는 어딘가에 모두 저장되어 보존된다고 한다. 스티븐 호킹 박사의 이론에 의하면 모든 정보는 블랙홀의 내부 표면에 저장되어 정보보존의 법칙에 어긋남 없이 보존된다고 한다. 이것이 내가 알기로는 가장 인정받고 있는 과학적 가설이다. 그리고 아르헨티나 출신의 물리학자인 후안 마르틴 말다세나(Juan

Martín Maldacena)의 추론이 이를 뒷받침하고 있다.

그런데 내가 본 세계는 '플랑크 길이(1×10^{-33}cm)'로 잘게 쪼개진 우주 공간의 양자장 자체가 우주의 모든 정보를 저장한 빅 클라우드(Big cloud) 역할을 하는, 하나의 거대한 정보저장시스템으로 보였다. 명상 속에서 본 허공의 모습과 현실의 3차원 공간의 모습을 종합해 보면 그렇다. 명상 중 무한한 허공을 대상으로 하는 공무변처(空無邊處)에 들면, 나는 무한히 펼쳐진 나의 내면 공간에 머문다. 그 공간은 바둑판처럼 미세한 단위로 나뉘어 작은 빛 알갱이들로 가득 빛나고 있어 황홀한 모습이었다. 나는 그 작은 빛 알갱이들 하나하나가 내가 눈 쌓인 언덕에서 본 오팔색의 둥근 빛 디스크와 같은 물체라는 것을 알 수 있었다.

그러면 어떻게 그렇게 작은 빛 알갱이(플랑크 길이의 크기)를 눈앞에 500원짜리 동전 크기로 볼 수 있는가라는 의문을 제기할 수 있다. 이것이 홀로그램의 원리이고 특성이다. 홀로그래피 원판에 레이저 빛 같은 단일 파장의 빛을 쏘면 3차원 공간에 마치 살아있는 것처럼 원래의 모습이 재생되는 것이 홀로그램이다. 바로 이 원리로 내가 볼 수 있었던 것 같다. 우리 육체의 눈이 감지할 수 없는 한계 너머의 전자기 파장을 내가 본 것이다.

이처럼 명상수행은 의식을 공간적으로 확장하게 해주었다. 독자도 마음을 열고 우주와 자신을 탐구한다고 생각하면 놀랍고 흥미롭게 읽힐 것이다. 이 모든 내용은 내가 직접 체험하고 눈으로 본 것들이어서 의미가 있다. 나의 명상 체험 기록이 모든 이에게 큰 울림으로 다가가기를 기원해 본다.

제1장

언제 어디서 어떤 일을 하든 우리 안에 기
쁨이 있다면 '빛의 마음'으로 살고 있는 것
이다. 여기에 사랑이 더해진다면 그곳은 이
미 천국(천상)이다. 천상의 마음이 사랑(자
애)의 마음이기 때문이다.

자연의 리듬과 함께 춤을

나의 어린 시절만 해도 우리 어른들은 부엌에 조왕신(부엌을 맡고 있으면서 길흉을 판단한 신)이 있다고 믿으셨다. 그래서 이른 아침 부뚜막 위에 늘 깨끗한 물을 떠 놓고 집안이 잘되도록 해달라고 빌고 집안의 무사함을 빌기도 했다. 또 정월 대보름 같은 특별한 날에는 집안의 길흉화복을 관장하는 조상신(성주신)께도 안방 윗목의 작은 상 위에 갓 지은 밥과 깨끗한 물을 올리고 집안의 안녕을 기원했다.

그러한 풍습은 지금 생각해 봐도 참 아름답다. 옛사람들은 모든 곳에 신령이 있다고 믿는, 넉넉하고 열려 있는 마음을 지녔던 것 같다. 현대에 사는 우리는 이를 한낱 미신이라 여기지만 옛사람들은 초과학적 초자연을 아셨던 것 같다. 그들은 지금의 우리가 보는 한계 너머의 것을 알았고, 보이지는 않아도 우주 만물은 하나로 연결되어 의식을 가진 존재라는 것을 믿었던 모양이다. 참으로 아름다운 미풍양속이 아닐 수 없다.

자연의 모든 것에는 의식이 있다. 모든 생명체뿐 아니라 사물에 깃들어 있는 의식은 정령과 같은 '영(靈)'이다. 그래서 나무도 의식이 있고, 돌멩이 하나에도 의식이 있다. 우리의 세포 하나하나에도 의식이 있다. 의식(영)을 다른 말로 하면 진동하는 에너지(빛)이다.

당산나무와 같이 마을 지킴이로서 신이 깃들어 있다고 여겨 모셔지는 신격화된 나무나 종교 상징물에 우리가 기도하거나 기원을 하면 우리는 그 대상에 우리의 에너지를 보내는 것과 같다. 그래서 그 에너지를 받아 축적한 당산나무와 종교 상징물은 힘을 갖게 된다. 그리고 우리는 그 힘을 빌려 가능성의 장(場, field)을 빠르게 현실로 끌어올 수 있게 된다.

나는 자주 지나는 길에서 만나는 나무에 자애의 마음을 보내곤

했다. 그러던 어느 날 기운이 다운되었을 때 나무들에게 '나를 좀 위로해 줄래!' 하는 마음을 보냈다. 그러자 나무들은 자신들의 에너지를 나에게 보내 나를 위로해 주었다. 그들이 내게 보내준 파동에너지는 나의 그것과 만나 나를 감흥시키기에 충분해 나를 울컥하게 했다. 마치 누군가 '힘들지?' 하며 위로를 건네자 나도 모르게 울컥 눈물을 흘리는 것처럼 입은 감동으로 미소 짓고 눈에서는 눈물을 흘리며 걸었던 기억이 있다.

이처럼 우리가 마음을 열면 자연과 서로의 파동에너지로 교류할 수 있다. 우리와 자연은 보이지 않는 미세한 그물망과 같은 망(網)으로 연결되어 있어 서로 파동으로 교감하며 위안을 주고받을 수 있다. 사실 자연에서 얻는 치유의 힘이 가장 크다. 숲에 가만히 있기만 해도 우리가 치유를 느끼는 것은 이런 자연의 에너지의 힘이 우리의 에너지를 끌어올려 주기 때문이다. 이렇게 보면 자연은 가장 너그럽고 유능한 힐러(치유자)이다.

이처럼 '영'은 모든 사물에 깃든 의식이고 진동에너지다. '나 자신'도 의식이고 에너지이므로 이때의 '나 자신'과 '영'은 같은 존재의 다른 버전인 '나'이다. 이때의 의식은 파동으로 물결치듯 모두와 연결돼 출렁인다. 자연의 작은 '영'들인 정령들의 에너지도 파동으로 넘실넘실 춤추듯 그들 자신의 에너지를 우리에게 전해 주고 있다.

이런 원리에 따라 우리가 자연의 에너지 리듬에 동조돼 같은 리듬으로 춤을 추듯 자연이 주는 치유 에너지의 파동에 자신을 맡기고, 우리 의식의 파동을 자연의 에너지 리듬에 맞추어 주면 (마음을 열고 그것들과 하나임을 느끼면) 우리는 자연스럽게 그들의 에너지가 주는 충만하고 평안한 느낌 속에 있게 된다.

어느 해 수행처에서 '빛 까시나(kasiṇa)' 수행(내면의 빛을 사방으로 무한히 확장하여 그 빛 속에 머무는 수행)을 할 때 실제로 몸과 마음에 빛이 나던 일이 있었다. 마침 옆에 있던 도반이 내 얼굴을 보고 말해 주어 알았던 일이다.

수행센터 뒤뜰은 작은 야산과 연결된 곳인데, 그날 내가 뒤뜰로 나가자 연미복을 입은 듯 날렵한 모습의 물까치 30여 마리가 무리 지어 날아왔다. 새들은 한 무리의 아이들처럼 소란스럽게 지저귀며 공중 비행을 하더니 그중 10여 마리가 내 앞쪽의 작은 나뭇가지와 풀덤불에 발랄한 몸짓으로 앉았다. 그러고는 나를 바라보며 뭔가를 축하해주는 아이들처럼 한참을 지저귀는 것이었다.

나도 물까치 한 마리 한 마리에게 '그래, 고맙다! 너희들도 건강하고 행복하여라!' 하며 축복해주었다. 그때 물까치들과 나는 한 마음을 나누며 즐거워했다. 이처럼 새들과의 교감 외에도 자연과의 에너지 동조 경험은 수없이 많다. 그중 딱따구리들이 내게 보여준 감동 또한 잊을 수 없다.

일상에서 감각 너머의 세계와 연결되어 본 경험이 있는가? 우리가 보이지 않는 존재들과 만나는 대표적인 공간은 꿈이다. 실제로 우리는 날마다 다른 차원을 들락거리면서 그곳의 존재들과 끊임없이 교류하며 살고 있다. 다만 보이지 않는 현실 너머의 것들을 체험하고도 망각의 베일을 두른 듯 기억해 내지 못할 뿐이다. 우리의 감각 너머에 존재하고 있는 것들을 만나려면 의식확장이 먼저 일어나야 한다. 마음의 경직성이 풀려야 하고, 사고의 지평도 넓어져야 한다. 그래야 의식성장도 함께 이루어진다.

우리는 현실의 삶에 한정되어 그것이 전부인 양 살고 있지만 인지하지 못할 뿐 다양한 형태로 다양한 차원에서 활동하고 있는 것이 사실이다. 현실의 두 눈으로 볼 수 있는 것은 너무나 제한적이다. 마음으로 보고 내면의 신성(神性)과 교류해 보고, 의식(진동에너지)을 그쪽에 두면 미세하고 미묘한 느낌으로 존재하는 감각 너머의 세계와 연결될 수 있다.

과학적 근거로 보아도 전자기파 중에서 우리 눈에 보이는 빛, 즉 가시광선의 영역은 대략 380~780나노미터의 파장만 해당한다. 이보다 파장이 짧은 감마선, X선, 자외선이나 이보다 파장이 긴 적외선, TV파, AM·FM 라디오파, 이동통신파 등의 전자기파는 우리 눈이 감지하지 못한다. 우리 눈은 극히 일부분의 영역인 가시광선만 볼 수 있다. 그런데도 보이는 것이 전부인 듯 믿는 경향이 있다. 그리고 보이는 것 너머의 세계를 이야기하면 매우 낯설어하거나 불편해하며 믿으려 하지 않는다.

우리 인류가 아는 물질은 우주 전체에 존재하는 물질의 5%에 불과하다. 나머지 95%는 우리가 알고 있는 물질과는 반응도 하지 않고 빛도 내지 않는 암흑 물질과 암흑 에너지로 알려져 있다. 그럼 과학자들이 관측한 5% 물질 중 우리는 또 얼마나 알고 있는가? 새삼 생각해 봐도 우리가 아는 것은 얼마 안 된다는 것을 알수 있다. 우리가 알 수 있는 한계도 정해져 있어 그 한계가 더욱 크게 느껴질 수 있지만, 우리는 마음을 열고 귀를 열어 한계를 극복할 수 있다. 그리고 우리의 감각을 넘어 선 것, 즉 무한한 가능성의 장에 대한 호기심이 우리를 더 넓은 세계로 안내할 것이다.

소크라테스가 "나는 내가 아무것도 모른다는 사실을 안다."고 말했던 것처럼 의식성장은 우리가 모른다는 것을 아는 것으로부터 시작된다. 우리는 감각 너머에도 시공을 초월해 존재한다. 그래서 공간적 의식확장이 이루어져야 진정한 의식성장이 가능해진다. 우리는 지구라는 3차원에 특정 기간만 살다 없어지는 존재가 아니다. 다차원에 다른 형태로도 존재하기 때문이다.

명상수행으로 한계 너머의 것을 보고 알 수 있는 '내면의 눈'이 열린 후로 나는 그 누구와도 깊은 대화를 나누기가 어려웠다. 내 주변에는 다차원 세계에 관심 있는 사람이 없어 이런 주제의 대화를 시도하려 하면 모두 불편해했다. '그래서 뭐!' 그들의 반응은 그것을 알아서 무슨 도움이 되느냐였다. 무엇보다 사람의 감각으로 감각 너머의 것을 볼 수 있다는 것에 대해 불신이 컸다. 잘못 말했다가는 허풍쟁이가 되기 쉬운 상황이라 나에게는 침묵이 최선이었다.

그래서 내가 본 감각 너머의 세계를 어떻게 하면 쉽게 전달할 수 있을까를 고민하였고, 양자역학을 만나게 되었다. 양자역학에 모든 것이 담겨 있었다. 주변 사람들의 무관심 덕분에 나는 더 많은 시간을 혼자서 다양한 수행에 집중할 수 있었다. 〈용호비결〉

같은 단학(丹學)을 공부하면서 에너지체 수행도 했다.

이를테면 의식을 배꼽 밑 5cm에 위치한 단전에 두고 호흡의 길이를 같게 하고, 예를 들어 호흡을 3초 들이쉬면 3초 내쉰다. 이를 조식법(調息法)이라 한다. 호흡 길이를 같게 하는 것이 중요한 이유는 같게 함으로써 우리 몸의 파동에너지의 크기를 같게 하는 효과가 있기 때문이다. 그러면 파동의 크기가 같아지고 파동이 동조 현상[10]을 일으켜 몸과 마음의 진동에너지를 높여준다. 이렇게 호흡의 길이를 같게 하고 익숙해져 안정되면, 호흡의 길이도 차츰 늘려 가는 수행법이다. 이 같은 에너지체 훈련으로 내면의 힘이 더욱 강해져 다른 수행을 하는 데에 힘을 받을 수 있었다.

또 육체의 눈을 통해 내면의 눈으로 보는 연습, 꽃이나 나뭇잎에서 뿜어져 나오는 빛을 보고 그 빛으로 들어가는 수행(탄트라 112가지 수행 중 하나), 우리 몸에서 나오는 빛을 보는 연습 등 다양한 수행을 통해 나에게 내재해 있던 가능성이 밖으로 나와 하나씩 실현될 때마다 어마어마한 희열이 느껴졌다. 동시에 몸은 가벼

---

10) 파동의 동조 현상: 같은 파동끼리 만나면 동조 현상이 일어나고 주변의 파동까지 같게 한다. 가령 기분 좋은 사람들 옆에 있으면 나의 기분까지 좋아지는 현상이다. 좋은 글을 읽을 때도 그 글의 에너지 파동에 동조되면 나의 에너지가 올라간다.

워지고 마음에서 나오는 빛은 더욱 청정해지고 깊어졌다. 인간의 내면에는 한계 너머의 초현실적인 능력이 잠재해 있던 것이다.

〈도마복음〉 29장 2절, 3절에 따르면, "그 영혼이 몸으로 인하여 존재케 되었다면 그것은 기적 중의 기적이다. 그러나 진실로 나는 어떻게 이토록 위대한 부유함이 이토록 빈곤함 가운데 거하게 되었는지 불가사의하게 생각한다." 우리 안에 있는 이런 풍요는 알려는 마음과 수행으로 발견되어진다.

이런 마음 수행을 경제활동 및 사회활동에 전념한 후 '50살이 넘으면 시작해야지' 또는 '나는 지금 노는 것이 너무 좋아 더 놀아야겠어' 하는 사람들이 많다. 그러나 지금 내 옷에 붙은 불을 끄듯 내 안에서 풍요의 근원을 만나려는 노력은 생활 속에서 할 수 있는 만큼만이라도 당장 할 때이다.

혼자의 시간을 늘려보고 걸을 때든 출근할 때든 앉아 있을 때든 언제 어디서나 호흡에 집중해보라. 참새는 떼 지어 몰려다니며 잠시도 가만히 앉아 있지 못한다. 그러나 독수리는 홀로 나무 위에 앉아 조용히 아래를 주시한다. 나의 호흡을 보고 나의 느낌과 생각을 조용히 주시하듯 바라보라. 그리고 '너와 나는 하나다.'

라는 느낌을 느껴보라. 여기서 '너'라는 대상은 꼭 사람일 필요가 없다. 나무, 산, 지구, 우주, 고요한 아침, 볼에 스치는 바람, 촉촉한 땅, 시원한 물, 가슬가슬한 풀잎 등 무엇이든 자연을 만져보고 느껴보고, 마음으로 집중하여 그들과 하나 되는 느낌을 느껴보라. 언제 어느 곳에서나 느낌과 하나 됨을 자주 갖다 보면 전에 느껴보지 못했던 새로운 느낌이 마치 잊힌 채널이 복구되어 새로 연결된 것처럼 나의 것이 된다.

그러면 자연의 에너지가 나의 에너지와 동조되어 마음 가득 기쁨으로 충만해진다. 그러니 무엇보다 살아있는 생명력을 가지고 이런 경험을 할 수 있는 이 순간에 감사해 보라. 오늘도 땅만 보지 말고 (현실에 너무 매몰되지 말고) 하늘을 보고, 나무를 보고, 주위를 둘러보라. 이런 건강한 생명력을 가지고 걷고 말하고 웃으며 소통할 수 있는 그 자체를 느껴보라. 이것이 살아있는 것이다. 이렇게 우리는 성장해 간다.

에너지로 본 육체와 순수의식(영)의 관계

육체적으로 보면 육체 깊은 내면에 '영(靈)'으로서 순수의식이 있다. 이것은 생각 너머의 의식으로 진정한 '나 자신'[11]을 가리킨다. 이와 같은 의미로 '참나' 또는 '순수의식'이란 표현을 썼지만, 내면의 '영'적인 '나(I am)'를 말한다.

그러나 에너지적으로 보면 '나 자신(I am)'인 영체(靈體)가 가장 큰 에너지를 가지며 다른 몸들을 감싸고 있다.

---

11) I Am that I Am. '나는 스스로 있는 자이다'로 번역한다. 여기서 'I am'은 '영'으로서 '나 자신'을 일컫는다. 모세가 그의 백성들과 이집트를 탈출하여 광야에서 방황할 때 시나이산에서 기도를 드리자, 떨기나무가 빛으로 변하며 성령이 강림하신다. 놀란 모세가 당신은 누구십니까? 하고 묻자 '나는 스스로 있는 자이다'.(I Am that I Am).

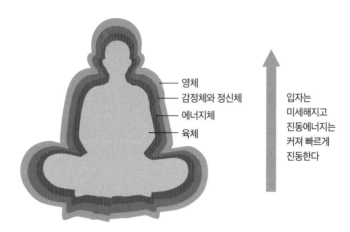

영체
감정체와 정신체
에너지체
육체

입자는
미세해지고
진동에너지는
커져 빠르게
진동한다

〈그림 1〉 육체와 미세한 몸(영체)과의 관계. 우리는 육체와 미세한 몸(영체, 감정체와 정신체, 에너지체)로 되어 있다.

　우리 몸은 거친 물질로 된 육체와 영체인 멘탈체(생각체), 아스트랄체(감정체), 에너지체와 같은 미세한 물질로 된 몸으로 이루어져 있다. 입자적으로는 크고 거친 물질로 된 육체가 에너지 측면에서 보면 가장 낮은 에너지로 진동한다.

　그리고 에너지적으로는 우리의 가장 내면에 있는 미세한 영체가 가장 큰 에너지를 가지고 있다. 그래서 내면에 있는 나의 근원인 순수의식(영)에 가까워지면 밝고 높게 진동하는 에너지와 내가 같아져 나의 육체 역시 가볍고 밝고 기쁘고 행복하게 되는 것이다. 내가 그 높은 진동에너지와 동조되기 때문에 나의 육체 또한 같은 에너지로 진동한다. 그러나 나의 의식(생각)이 외부로 가 있으면 미세한 의식(영)으로 있는 '나 자신'인 나의 근원으로부터 멀어지기 때문에 허기지고 공허해진다. 하지만 이런 사실을 알아 차리지 못하는 사람들 대부분은 그 허기지고 공허해짐을 화려한 외모나 권력, 부로 보상받으려 하고 그것에 집착하게 된다. 그럴 수록 더욱 허기지고 에너지가 고갈되어 번아웃(burnout)을 겪는 것이다. 에너지(힘)의 근원은 내 안에 있는데 의식(생각)과 에너 지가 모두 외부를 향하고 있어 나타나는 당연한 결과이다. 이때 의 나는 현실에서 육체에 의존해 생각, 감정으로 사는 '에고(Ego)' 의 존재다. 이런 '나(Ego)'의 생각이 모두 외부에 가 있는 사람들 은 타자인 외부의 칭찬과 인정에 목말라 하고 그 허기를 채우려 하나 더욱더 허기지고 목마를 뿐이다. 그러므로 밖으로 밖으로만 나의 관심과 시선을 두지 말고 내 안의 '나'를 보고, 내가 무엇을 원하는지부터 살필 때이다. 근원의 힘(에너지)과 나의 목마름을 적셔줄 물은 나의 내면의 샘에 있기 때문이다.

여기서 내면에 있는 '나 자신(I am)'은 투명하게 빛나는 의식으 로, 내면의 신령한 '영'으로서 '순수의식', '내면 자아', '참나', '양 자의식(양자 마음)', '관찰자 의식' 등의 표현과 같은 의미로 쓰였 다. 언어영역 너머의 세계를 언어로 기술하다 보니 다양한 표현으로 썼지만, 모두 같은 것을 말하고 있다. 이는 나의 내면에 '관찰자'로 있는, '텅 비어 있지만 신령하게 바라보는 의식(마음)'이다. 또한, 이는 영원불변의 존재로 내가 태어나기 전에도 있었고, 죽은 후에도 있을 그 존재이다.

반면에 우리가 일상에서 생각, 감정 등의 경험으로 알고 있는 '나'는 이 글에서 '에고(Ego)'라는 표현으로 썼다. 이는 한계 지어진 지금의 몸과 생각과 감정을 '나'라고 믿는 '나'이다. 내 육체와 나를 동일시하기 때문에 육체가 죽으면 나도 죽는다고 믿고 있는 현재의 '나'를 표현한 것이다.

내 안에 빛으로 있는 마음과 의식

9박 10일간 집중수행을 하기 위해 처음 사찰에 갔을 때 가톨릭 신자인 나로서는 모든 것이 낯설었다. '사마타(śamatha)' 명상에 대해서는 아는 것이 전혀 없어 그저 스님이 시키는 대로 24시간 중 잠자는 시간을 제외한 모든 시간을 호흡에만 집중했다. 사마타는 마음을 하나의 대상에 몰입하여 선정삼매(禪定三昧, Samadhi)를 닦는 수행이다. 선정은 심신이 고요해진 상태를, 삼매는 마음이 하나의 대상에 집중된 상태를 말한다. 사물의 진실한 모습을 보기 위한 수행법이다.

집중수행 기간 중 나는 선정삼매에 들고 싶은 마음 하나로 호흡에 마음을 집중하고 오직 호흡만을 바라보았다. 마치 문지기가 들어오고 나가는 손님만을 보듯 코로 들어오는 들숨과 날숨만을 지켜보았다. 호흡이 들어오면 들어옴을 알아차리고, 호흡이 나갈 때는 호흡이 나가는 것을 알아차리기를 거듭했다. 기쁘게 들이쉬고 기쁘게 내쉬고, 행복하게 들이쉬고 행복하게 내쉬고. 그러면서 걷기 명상을 했다. 산책할 때도 평안하게 들이쉬고 내쉬며 호흡에 집중했다. 산행할 때는 주위의 나무들과 꽃 하나하나에도, 날아가는 새들에게도 '너와 나는 하나', '너는 나의 다른 모습', '우주와 나는 하나'라며 마음속으로 되뇌었다. 오직 느낌으로 내 주변의 대상들과 하나 됨(Oneness)을 느끼면서 산행을 했다.

명상을 시작할 때는 나에게 먼저 '내가 편안하고 행복하기를' 하며 자애를 다섯 번씩 보내고, '여기 있는 사람들도 모두 편안하고 행복하기를' 하며 자애를 보낸 뒤 호흡에 집중했다. 훨씬 더 몰입이 잘 되었다. 이 자애의 마음, 즉 사랑이 곧 우리의 본성의 마음이기 때문에 나는 나의 근본 자리로 빨리 다가가 하나 될 수 있었던 것 같다. 나 자신과 모든 이에게 보내는 자애는 우리가 최종적으로 이루고자 하는 마음이다. 이것은 우리 내면에서 빛나고 있는 마음이다. 이런 사랑은 모두를 포용하고 너와 나를 둘로 나누는 마음이 아닌 하나 된 마음으로, 우리의 에너지도 가장 높게 진동하게 해주는 높은 주파수를 갖는다.

이렇게 나 자신과 주변 사람들에게 자애를 보내게 되면 몸과
마음이 가벼워지고 나의 진동에너지도 높아져 나의 근원에 도달
하기 쉬운 상태가 된다. 이렇게 평온해진 마음 상태를 이루어 몰
입에 들자, 수행을 시작한 지 며칠 만에 내면의 빛이 터져 나오기
시작했다. 마치 근심, 걱정, 불안 같은 상념들이 먹구름으로 푸른
하늘을 덮고 있다가 그 먹구름이 걷히면서 먹구름 뒤에 있던 햇
빛이 그 틈 사이로 강렬한 빛줄기로 쏟아져 들어오는 것 같았다.
양옆에서 볼이 뜨거울 정도로 내면에 빛이 들어왔고, 정수리에서
도 쏟아져 들어왔다.

그런 현상을 겪은 다음 날, 얼굴 밑에서부터 하얀빛이 위로 넘
치듯 차올랐고, 이때 그 빛 한가운데에 틈이 만들어지고 그 틈이
커지면서 실제 푸른 하늘과 같은 내면의 푸른 하늘이 나타나 보
게 되었다. 이것이 내가 체험한 '니밋따'[12)]라는 빛의 표상이다. 이
푸른빛이 바로 참나, 성령, 순수의식, 양자의식(양자 마음)의 시각

---

12) 니밋따(nimitta): 산크리스트어로 명상 시 집중이 깊어지면 내면에서 나오
는 푸른(또는 보라색) 빛을 '니밋따'라 한다. 머리 주변과 관자놀이 주변의
흰 빛은 지혜의 빛이라 하여 '니밋따'와 구별된다. 이 니밋따에 의식을 집
중할 때 선정삼매에 들 수 있다.

적인 모습인 것 같다.

내가 명상수행으로 체험한 이와 같은 상태를 스와미 묵타난다
는 다음과 같이 말하고 있다.

"네 번째 상태는 초월의 상태인 투리야(turiyu) 상태이고 이
때 작은 푸른빛(푸른 진주)이라 불리는 '참나'의 빛을 본다."[13]

이처럼 신성한 내면의 푸른빛은 명상수행 중 깊은 삼매 상태
에서 나타나 만나게 된다. 이 푸른빛은 나의 근원인 신성한 본성
이 내면에서 드러난 것이며, 그 본성의 시각적 표현으로 '푸른 진
주'라는 표현을 쓴 것이다. 이를 성경에서도 예수님은 '진주' 또는
'성령'으로, 그리고 티벳 불교에서는 '투명하게 빛나는 의식'으로
표현하고 있다.

이렇게 내면의 푸른빛이 중앙에 동굴처럼 시야에 보이고 안정
되면, 더 깊은 몰입을 향한 여정이 시작된다. 수행 중에 푸른빛에
오래 머물 수 있을 만큼 몰입을 지속하게 되면 이제는 호흡이라

---

13) 스와미 묵타난다 지음, 김병채 옮김, 《명상》, 슈리크리슈나다스아쉬람,
2004, p.65.

는 대상에서 의식을 푸른빛(니밋따)으로 옮겨와 이 빛과 하나 되어 오래 머문다. 이렇게 내면의 빛이 안정되고, 수행 대상에 집중이 있고, 기쁨과 행복이 가득 차오르는 상태에 이르렀을 때 선정삼매에 들었다고 말할 수 있다. 아울러 이 빛나는 마음과 함께 청정한 상태에 있으면 마음은 평안하고 더욱 깊어지고 미세해져 마치 내가 우주 한가운데에 있는 것처럼 시야가 확장된다. 그러면서 내면은 별들이 모래알처럼 빛나고 있는 밝은 밤하늘과 같은 모습으로 바뀐다. 이것이 자신의 본성인 텅 빈 내면의 모습이다. 이 상태가 텅 비어 알아차리는 의식으로, 무한한 우주의 내부모습과 흡사하다.

그중 (모래알처럼 빛나는 수많은 빛 중) 눈앞의 겨자씨만 한 작은 한 점에 집중을 계속하면 그 한 점에서 다이아몬드와 같은 투명한 빛이 쏟아져 나오기도 하고, 사파이어와 같은 푸른빛이 나오기도 한다. 너무나 고요하고 텅 빈 그러나 평안하고 기쁨으로 충만한 내면 상태에 이른 것이다. 이처럼 이미 내 안에 다이아몬드와 같고 사파이어와 같은 나의 근원이 청정한 빛으로 빛나고 있었다. 여기가 바로 '니르바나'(열반)가 아닌가 하는 평안한 상태에 이른 것이다.

나의 명상 체험처럼 우리는 누구나 몰입 명상을 통해 내면으로 들어가 자신의 근원에 다가가 머물 수 있다. 나는 첫 명상 체험 이후에도 10년 동안 호흡과 빛(니밋따)을 대상으로 하는 명상을 계속했다. 즉 초선정(初禪定), 이선정(二禪定), 삼선정(三禪定), 사선정(四禪定) 수행 후에, 네 가지 물질 요소에 대한 명상인 4대명상수행(지·수·화·풍, 地·水·火·風)을 거쳐 물질 및 마음 명상과 위빠사나 수행을 계속했다.

4대명상수행 끝 무렵이 되자 몸은 하얀빛 덩어리로 빛났고, 수행을 더욱 집중해 들어가자 몸이 얼음처럼 투명한 빛으로 바뀌었다. 그 투명한 빛 틈으로 공간! 공간! 하면서 들어가면 빛들이 다시 미세한 빛 알갱이들로 바뀌어, 나의 내면 하늘을 가득 채우고 반짝였다. 말로만 듣던 근본 물질인 '깔라빠'들이 밤하늘의 아주 작은 별들처럼 깜빡였다. 마법 같았다. 내 몸과 마음에서 환희가 터져 나왔다. 수행하면서 기쁨의 눈물을 두 번 흘렸는데, 이때 내면에서 올라온 환희의 눈물을 흘렸다. 특히 의문(마음의 문)이 심장에서 빛으로 터져 나오는 것을 봤을 때 가장 많이 감동의 눈물을 흘렸던 것 같다.

나는 수행자 중 다른 이들보다는 수월하게 수행을 한 편이었다.

지도 스님이 수행 주제를 주면 별 어려움 없이 해냈다. 그리고 다음 수행으로 바로 넘어가곤 했다. 그런데 '의문'만은 몇 주 동안 수행해도 볼 수가 없었다.

'의문'은 의식의 문(마음의 문)이라는 뜻으로 심장 토대에 있었다. 쉽게 말해 심장에너지센터로 마음(생각)이 일어나는 곳을 말한다. 그런데 그 당시에는 무슨 의미인지 이해할 수 없어 오랫동안 고생했다. 결국, 그해 수행 일정이 끝날 무렵인 11월에 의문(심장)에서 빛이 강렬한 빛줄기로 한꺼번에 퍼져 나왔다. 예수님의 성화에서도 심장에서 빛이 퍼져 나오는 것을 볼 수 있다. 이는 제4 차크라[14]인 심장 차크라가 열린 것으로 사랑을 상징한다.

심장 차크라에서 퍼져 나온 투명한 빛은 눈으로 바로 보기 힘들 정도로 강렬했다. 깊은 내면에서 감동과 희열과 함께 눈물도 흘러내렸다. 이처럼 수행 때는 심장에너지센터에서 마음이 만든 물질을 확인한다. 이뿐 아니라 기쁨, 희열, 행복, 집중과 같은 선

---

14) 차크라(Chakra) : 산스크리트어로 '바퀴', '순환'이라는 뜻으로 인체 여러 곳에 존재하는 에너지센터를 말한다. 실제로 에너지가 소용돌이 돌 듯이 우리 몸의 에너지센터에서 돌아간다. 우리 몸 척추를 따라 7개의 차크라가 있다. 그중 7번째 차크라가 정수리 차크라이고, 6번째 차크라가 제3의 눈에 해당하는 미간에 있다.

정(禪定) 요소들도 심장에서 확인한다. 명상으로 본 우리의 심장
은 마음의 중심지로서 생각과 감정이 일어나는 곳이었다.

하트매스연구소(HeartMath Institute)의 연구 결과에 따르면 심
장에도 뉴런이 있어 두뇌와 긴밀하게 서로 연결되어 있다고 한
다. 우리가 마음이 아플 때 실제로 가슴에 통증이 느껴지고, 가슴
이 아프다는 표현을 쓰는 것처럼 가슴으로 느낀다는 말은 사실이
었다.

심장은 우리의 신체 기관 중 가장 큰 전자기적 에너지장을 방
출한다고 한다. 에너지장이 심장을 둘러싸고 있으며, 이 에너지
장이 신체 밖으로까지 뻗어 연결돼 있다는 것이다. 그래서 우리
가 심장에서 내보낸 생각과 감정이 파동으로 에너지장을 타고 퍼
져 나가 주변에 영향을 미친다는 것이다. 내 생각에 따라 나와 내
주변의 에너지를 바꾸고 나의 삶의 환경까지 바꾼다는 것은 맞는
사실이었다. 이런 힘은 우리가 생각하는 것보다 빠르고 그 영향
또한 매우 커서 누구든 체험해 보면 놀랄 것이다.

양자 마음(Quantum Mind)

마음의 사전적 의미는 생각과 감정을 일으키는 작용을 말한다. 그럼 우리에게 익숙하지 않은 '양자 마음'은 어떤 마음이고 일반 마음과는 어떻게 다를까?

마음에는 우리가 알고 있는 생각과 감정을 일으키는 마음이 있고, 생각으로 오염되지 않은 마음이 있다. 즉 생각으로 판단하지 않고 있는 것을 '있는 그대로' 볼 수 있는 마음이 있다. 이 마음은 빛으로 있어 빛나는 마음, 곧 '양자 마음'이다.

양자 마음은 양자적 특성으로 인해 이중성을 띠고 파동으로 연결되어 모든 곳에 존재한다. 동시에 다른 차원의 나와도 서로 얽혀 정보를 공유한다. 양자 마음은 높은 파동에너지로 진동하는 사랑(자애), 기쁨, 행복으로 있는 우리 내면의 본성(영)의 마음이다. 내면의식이 빛으로 내 안에 있듯 본성의 마음도 빛의 마음으로, 사랑·행복, 기쁨으로 우리 안에 있다.

이런 까닭에 사랑·행복 같은 양자 마음은 밖에서 찾지 말고 우리 안에서 찾아야 하는 마음이다. 양자 마음은 나누어진 개별 마음이 아닌, 모두를 포용할 수 있는 큰마음으로 한마음(우주 마음)이다.

그래서 '나 자신(I am)'은 이런 양자 마음과 양자의식을 뜻한다. 마음 안에 식(의식)이 있기도 하고, 의식이 곧 마음이기도 하여 의식과 마음이란 표현을 구별 없이 쓸 때가 많다. 양자 마음도 시각적으로는 빛으로 있다. 그래서 빛나는 마음 또는 빛나는 의식이라 부른다. 반면에 흔히 우리가 알고 있는 일반적인 마음은 생각과 감정을 일으킨다. 양자 마음뿐만 아니라 일반적인 개별 마음도 양자적 특성으로 작용하고 있다. 즉 마음(생각, 감정)도 물질로서 입자이면서 동시에 파동으로 이중성을 갖는다.

그래서 생각, 감정 중 유익한 마음에서 나오는 생각들은 짧고 빠른 파동인 높은 진동에너지를 갖고, 해로운 마음에서 나오는 생각들은 길게 진동하는 낮은 진동에너지로 우리에게 영향을 준다.

이렇게 마음에서 나오는 생각, 감정들은 파동으로 나와 내 주변의 물리적 환경을 변화시키고 자신의 세상(삶)을 창조하는 데 강력한 힘을 발휘한다. 우리는 마음이 창조하는 자신의 세상에 살고 있다.

마음은 생각과 감정에 따라 각기 다른 진동에너지(주파수)를 갖는다. 이런 진동에너지와 시각적 이미지(정보)들이 우리의 뇌세포뿐만 아니라 양자장(quantum field)에도 기록되어 이 세상에 투사된 것이 우리가 사는 3차원 세계이다. 이렇게 보면 이 세상은 마음(의식)이 만들어내는 파동에너지 정보의 투사(projection)임을 알 수 있다.

그래서 우리가 사는 현실의 물질세계는 마음이 만들어낸 홀로그램(hologram)과 같다(〈본문 23. 홀로그래픽 스페이스〉 참조). 이처럼 마음이 곧 '나'이고 나의 삶을 이루고 있기에 항상 마음을 들여다보고 보살펴 줘야 한다. 그래서 마음이 유연하고 밝고 따뜻하게 그리고 사랑이 항상 함께하도록 깨인 마음으로 보살펴주는 것이 무엇보다 중요하다. 마음의 힘은 자신의 사고 틀에 갇혀 경직된 마음이 아닌 부드럽고 유연한 마음 그리고 따뜻한 사랑의 마음에서 나오기 때문이다.

우리가 우리 육체를 열심히 건강하게 관리하며 보살피지만 길어야 100년을 우리와 함께한다. 그러나 마음이 일으킨 생각, 감정은 파동에너지인 정보로 다음 생까지 간다. 현재의 마음작용은 현재의 삶뿐만 아니라 또 다른 생의 원인이 되어 다음 생이라는 결과를 낳는다. 즉 생각, 감정의 진동에너지(주파수)의 정보는 뇌세포뿐만 아니라 간섭무늬로 양자장에 저장되어 다음 생의 원인으로 작용한다.

그러나 개별 마음에서 나오는 생각, 감정은 진정한 '나'의 마음도 아니고 '참나'도 아니다. 오히려 '참나'의 빛을 가리고 있어 우리의 내면을 어둡게 한다. 그래서 명상은 마음을 고요히 한 대상에 머물게 하고 사념이 일어나지 않게 하여 빛의 마음과 하나 되게 한다. 진정한 나인 '참나'의 마음은 개별 마음이 아닌 양자 마음, 즉 빛의 마음인 사랑(자비), 기쁨, 행복이다. 우리는 이런 사랑,

기쁨, 행복의 마음과 하나 될 때 개별 존재로 느끼는 부정적인 생각이나 감정에서 벗어날 수 있다.

그러므로 내 안에 어떤 생각들이 있는지 깨어서 들여다봐야 한다. 평소 어떤 상황에 직면할 때 내가 어떻게 말하고 행동하는지를 보면 내 안에 어떤 생각들이 자리 잡고 있는지 알 수 있다.

바람이 불지 않는 호수 표면은 평화롭고 잔잔하다. 폭풍이 몰아치고 우박이 떨어지고 돌멩이들이 날아들면 잔잔하던 호수 표면도 요동을 치게 된다. 그러면 평소 호수 밑바닥에 있던, 물속 깊숙이 있어 보이지 않던 것들도 수면으로 모습을 드러낸다. 이때 호수 밑에 무엇이 살고 있었는지 알 수 있다. 우리 역시 누구나 평탄한 삶을 원하지만 때때로 역경을 만나 까다로운 사람들과 다툼을 벌일 때가 있다. 바로 이때 마음속 깊숙이 있어 평소 드러나지 않던 감정들이 쉽게 밖으로 드러나는 것을 볼 수 있다. 물론 평소 행동 때에도 그 사람의 마음이 그대로 드러나기도 한다.

사람마다 자신의 특정 감정을 건드리는 어떤 상황을 만나게 되면 그것이 트리거(방아쇠)가 되어 분노(화)를 참지 못해 성난 망아지처럼 변할 때가 있다. 평소 우리가 알고 있던 사람이 아닌 전혀 다른 인격체가 그 사람을 점령해 전혀 다른 사람이 되어 버린 순간을 종종 보게 된다. 분노라는 감정체가 마음을 점령해 버리면 마치 분노의 화신이 된 것처럼 일순간에 사람이 바뀌는 것이다.

해로운 생각으로 낮은 에너지를 공급하면 그 생각이 그 사람을 삼켜버린다. 즉 그 생각과 감정에 지배받는 형국이 되어 그것에서 빠져나오기 힘든 상황이 된다. 이때 빛으로 있는 '나'는 없다. 마음 안에 깊숙이 있는 부정적인 생각과 감정(분노, 불안, 우울, 의심, 미움)을 나로부터 분리해야 나의 '양자 마음'인 빛의 마음에 다가가 사랑, 기쁨, 행복과 하나 될 수 있다.

〈도마복음〉 22장에서 제자들이 예수께 "어떻게 해야 하늘나라로 들어갑니까?" 하고 묻는다. 그러자 예수께서 "둘이 하나 될 때, 안이 밖이 되고 밖이 안이 될 때, 위가 아래가 되고 아래가 위가 될 때 …(중략)….'라고 대답하신다. 여기서 둘이 하나 될 때는 하나의 마음에서 떨어져나온 개별 마음(생각, 감정)이 빛의 마음으로 사랑, 기쁨, 행복이 되어 빛으로 하나 될 때를 말하며, 이때 하늘나라에 들어간다고 하신 말씀이다.

언제 어디서 어떤 일을 하든 우리 안에 기쁨이 있다면 '빛의 마음'으로 살고 있는 것이다. 여기에 사랑이 더해진다면 그곳은 이미 천국(천상)이다. 천상의 마음이 사랑(자애)의 마음이기 때문이다.

몰입 명상의 힘

나의 체험으로 본 명상은 나를 내면에 투명한 빛으로 있는 우리의 근원 마음에 연결해 주는 가장 효과적인 방법이었다. 하나의 대상에 집중함으로써 흩어져 있던 마음을 한곳으로 모아 마음의 에너지를 높일 수 있었고, 빛으로 가득 찬 우리의 '근원(I am)'에 접속할 수 있었다. 우리의 근본 마음은 빛으로, 기쁨으로, 사랑으로, 내 안에 있었다.

명상이 깊어지면 만나게 되는 우리의 근원은 순수의식으로 있다. 이 의식은 청정하게 빛나는 텅 빈 내면 공간을 주시한다. 이때의 의식은 밤하늘 같기도 한 우주 깊숙한 공간에 머문다. 이 상태가 나의 본연의 상태이다. 내면 깊은 곳에 있는 방(텅 빈 공간)으로 들어가 머무는 느낌이다. 이때 강력한 내면 치유가 일어난다.

우울증으로 잠시 회사 일을 쉬고 있던 지인이 명상으로 자신의 내면의 방에 머물 때면 기쁨의 눈물을 하염없이 흘렸다. 그렇게 몇 달 동안 명상을 계속하자 그녀의 우울증은 완전히 치유되었고, 그녀의 마음은 기쁨의 활력으로 가득 차게 되었다.

명상은 호흡을 안정시켜 우리 몸과 마음을 둘러싸고 있는 진동에너지의 크기와 빠르기를 조화롭고 규칙적으로 변화시킨다. 즉 주파수가 같은 파동들이 동조 현상을 이룬다. 모든 진동이 동조되면 진동에너지는 상상 이상으로 커지고 물질은 입자이면서 파동의 성질을 갖게 된다. 즉 양자화되어 양자적 성질을 띠게 된다. 의식세계로 말하면, 우리도 입자이면서 파동으로 초자연적 현상을 경험하게 된다는 말과 같다. 뒤에서 자세히 설명하겠지만, 초자연적 현상인 파동의 성질로 인하여 우리는 비국소성(nonlocality)[15]으로 어디든 동시에 존재할 수 있고 하나이면서 둘

---

15) 비국소성(nonlocality) : 양자의 대표적 특징 중 하나. 한 공간에서 일어난 모든 것은 이와 분리된 다른 공간 작용에 영향을 미친다는 것을 말한다. 비국소적으로 모든 곳에 있다는 말은 양자 얽힘으로 정보가 빛의 속도보다 빠르게 전달되어 거의 동시에 있다는 것이다.

이 될 수도 있는데, 이것이 바로 양자적 현상이다. 만약에 우리 역시 의식의 진동수가 높아지면 양자들처럼 양자장(quantum field)을 통과해 다른 차원, 다른 장소로 순간 이동하는 등 신비한 초자연적 경험을 할 수도 있다는 것이다.

호흡이 규칙적으로 안정화되면 우리 의식의 파동들이 동조되면서 일어나는 일들이다. 예를 들어 많은 양의 비라도 빗방울이 흩어져 넓은 지역에 내린다면 그 빗줄기는 큰 힘을 발휘할 수 없다. 그러나 같은 양의 비라도 좁은 관으로 모여 한 지점에 한꺼번에 계속 쏟아진다면 수압은 상상할 수 없을 만큼 커져 바위도 뚫을 정도로 힘이 세진다. 이와 같은 원리로 우리 의식의 파동도 같은 크기로 동조된 의식을 한 지점에 집중시키면 마치 좁은 구멍으로 물을 한곳에 모아 강력해진 힘으로 바위를 뚫는 것과 같다. 이렇게 강해진 의식의 힘은 차원을 넘나들어 힘의 근원인 양자장에 접속시켜 준다.

이와 같은 일들은 몰입 명상으로 우리 의식의 진동수가 매우 높아질 때 나타나는 현상이다. 이는 우리가 단단한 '물질 몸'을 초월해 의식으로 자유로워진다는 말과 같다. 명상으로 진동수가 높아진 의식은 파동의 성질로 모든 곳에 존재할 수 있게 된다. 이런 현상이 바로 양자들의 대표적 특징 중 하나다. 즉 입자이면서 파동의 성질을 갖는 이중성을 띠게 된다는 것이다. 이런 원리로 높은 진동에너지를 갖는 의식도 양자들처럼 어디든 가능성으로 존재하게 된다.

그리고 그 가능성의 장(場, field)에서 나의 의식이 내면의 주시자인 관찰자가 되면 나의 의식이 가는 곳이 곧 현실이 된다. 그래서 내가 깊은 몰입 명상 상태로 양자장에 접속되면 나는 어디든 존재했다. 히말라야 눈 덮인 산 위에도, 구름 위에도, 비 올 때 숙소 처마 밑 빗물 떨어지는 물웅덩이에도 나는 자유롭게 순수한 의식으로 여행했다. 몸은 없다. 오직 빛으로 있는 의식과 마음만이 있었다. 다만 그때의 의식의 빛은 이 세상 빛보다 더 밝게 빛났다. 그것이 달랐다. 그 빛은 가끔은 황금빛이었고, 가끔은 투명하고 영롱한 빛이었다.

양자장에 접속한 나는 자유로이 날아다녔다. 이런 체험들이 나에게 일깨워준 것이 있다. 우리는 물질 몸과 생각, 감정을 가진 지금의 '나'를 굳건하게 '나'로 믿고 살고 있지만, 실재의 '나 자신'(참나)은 양자 상태의 양자 마음과 의식으로 다이아몬드보다 더 빛나고 사파이어보다 더 푸른빛으로 내 안에 이미 존재하고 있었다.

내 안에 우주가 있었고 나는 우주이면서 그 일부였다. 깊은 명상 속으로 들어가면 먼저 우뇌 쪽에서 들어오는 신경전달물질이 차단되어 공간감각이 사라지고, 좌뇌의 수입로가 차단되어 몸에서 오는 감각과 생각이 사라진다. 이렇게 시공이 사라지고 몸의 감각이 사라지면, 몸이 이 세상과 나를 경계 짓고 있는 '나'라는 경계가 없어져 말 그대로 나는 우주 그 자체가 된다. 그 상태에서 나는 수많은 별이 빛나는 밤하늘에 나 역시 빛나는 하나의 빛 알갱이로, 텅 빈 고요함으로 존재하는 바라보는 의식, 즉 빛으로 있는 마음과 의식이었다.

이때 몸과 마음에 변형이 일어난다. 몸은 뇌의 새로운 영역이 활성화되어 평소 지각하던 것들 그 너머의 세계를 지각하게 되고, 우리 몸을 활력 있게 유지해 줄 호르몬을 다량 분비하게 된다. 그중 송과선(pineal gland)에서 분비된 멜라토닌은 높은 에너지를 받으면 우리 몸과 마음을 변형시켜줄 새로운 신경전달물질로 바뀌어 우리를 감각 너머의 세계까지 볼 수 있게 해준다.

이런 물질들은 우리의 몸과 의식을 확장하여 다른 차원에 접속할 수 있도록 돕는 놀라운 힘을 가졌다. 이런 힘을 경험하면 의식 성장과 함께 새로운 사람으로 거듭나게 된다. 이렇듯 인식 범위가 확장되어 다차원을 인식하게 되면 내가 육체의 몸을 가진 존재 그 이상임을 알게 된다.

이렇게 의식이 공간적으로 확장되면 옛 성현들의 말씀과 종교의 가르침들을 진화된 의식으로 이해할 수 있고, 그것들의 숨겨진 의미도 알게 된다. 모든 것은 드러나게 돼 있다. 옛 성현들의 사상과 말씀들 역시 그런 깊은 의식 상태를 경험하고 그것이 밑바탕이 되어 나온 것들이기에 이전과는 전혀 다른 새로운 의식 차원으로 그분들의 참 메시지를 알아들을 수 있게 된다. 새롭게 들을 귀가 생긴 것이다.

또 몰입 명상으로 깊은 삼매에 들어 양자의식(마음)으로 나 자신과 세상을 지켜볼 때 "이전에는 우리 뇌에 신경회로가 갖춰져 있지 않아 인식할 수 없었던 것도 경험할 수 있게 된다."[16] 이렇게 명상으로 열린 눈과 귀를 갖게 되면 우리는 더 넓게 확장된 의식세계와 현실 세계를 풍성하게 경험할 수 있다. 지금 이 순간이

---

16) 조 디스펜자 지음, 추미란 옮김, 《당신도 초자연적이 될 수 있다》, 샨티, 2019, p.381.

얼마나 기적이고 경이로운지 자연의 위대한 섭리와 풀 한 포기의 아름다움까지 가슴으로 느낄 수 있다. 새들과 나무들과도 교감하며 파동에너지로 서로 위안을 주고받을 수 있다. 모두가 연결되어 하나의 망(網)으로 출렁이는 '장'(field)에서 그들과 내가 둘이 아니고 하나임을 아는 지혜를 얻게 된다. 이때 가슴에는 넘치는 기쁨으로 가득 찬다.

깨어 있음과 송과체의 놀라운 비밀

'깨어 있음'이란 어떤 상태일까? 그리고 무슨 의미일까?

살아가면서 가장 많이 그 의미를 묵상했던 말이다. 아침에 눈을 뜨고 잠에서 깨어나면 나는 과연 지금 깨어 있는 걸까? 단지 육체의 눈이 떠진 상태만으로는 깨어 있다고 말할 수 없다. 깨어 있음이란 '내면 자아'가 깨어서 '지켜보는 의식'으로 있는 것이다. 쉽게 말해 순수의식인 '참나'가 눈을 떠서 깨어나 '나 자신'으로 보는 것이다. 명상을 해보면 알 수 있다. 육체의 눈은 감고 있지만, 눈으로 내면 공간을 주시하는 의식이 있다. 이 의식을 순수의식, 참나로 불리는 '나 자신(I am)'이라 한다.

우리는 일상에서 나의 몸과 생각과 감정을 나와 동일시하는 에고(Ego) 의식에 깊이 빠져 살고 있다. 내면의 주시자로 있는 의식인 진정한 '나 자신'을 잊고 사는 것이다. 에고는 육체와 생각, 감정을 '나'라 여기며 살기 때문에 한계를 가지고 있으며, 육체의 소멸에 대한 불안과 두려움을 무의식 깊은 곳에 가지고 사는 '나'이다. 진정한 깨어남이란 우리 근원에 있는 신성한 '영'이 투명한 의식과 하나 되어 내면의 눈이 떠질 때를 일컫는다. 이런 내면의 '나 자신'은 존재의 깊은 곳에서 '조용히 바라보는 자'이고, '투명하게 빛나는 의식(마음)'으로 존재한다. 이는 미세한 의식으로 양자의식(마음)이다.

또 깨어남이란 우리 뇌의 특정 부위인 송과체(송과선)가 활성화되어 우리 고유의 기능을 되찾는다는 의미이기도 하다. 송과선(pineal gland)은 좌우 대뇌 반구 사이에 있는 솔방울 모양의 내분비 기관으로 멜라토닌을 생성해 분비한다. 5~8mm 크기의 이 기관은 나이가 어릴수록 크고, 사춘기를 기점으로 작아진다고 한다. 송과선은 멜라토닌을 분비하는 일 외에도 "송과선은 방해석 결정체를 가지고 있는데 그 결정체에 압력을 가해 압전효과를 내면 이는 안테나처럼 송신 기능도 하고 변환기 기능도 한다. 다시 말해 어떤 한 형태의 에너지로 신호를 받은 다음 그것을 다른 형태의 에너지 신호로 바꿀 수 있다는 것이다. 즉 그 주파수에 담긴 정보를 우리 마음속의 강렬한 이미지로 바꿔준다는 의미이기도 하다. 이 이미지는 초현실적이고 초월적 경험을 하게 하여 마치 다차원적 아이맥스 영화를 보는 것과 비슷한 경험을 하게 해준다."[17]

송과선 안에 있는 1~20미크론 크기의 미세한 방해석 결정체가 몰입 명상으로 높은 에너지의 압력을 받아 활성화되면 그처럼 놀라운 일들이 일어난다고 한다. 말 그대로 내면의 눈(제3의 눈)이 떠져 깨어나게 되는 것이다. 이렇게 제3의 눈이 떠지면 육체의 눈이 보는 것처럼 보는 기능이 활성화되어 눈을 감고 있어도 감각 너머의 세계를 볼 수 있다. 육체의 눈이 볼 수 있는 가시광선을 넘어서 고주파수대의 체험이 가능하다는 것이다. 그래서 높은 진동수를 갖는 물질세계인 고차원의 경험도 가능하다.

또 송과선은 수면 조절에 관여하는 멜라토닌을 생성하는데, 높은 에너지에 의해 송과선이 자극되면 멜라토닌은 화학적 성질을 바꾸어 다른 신경전달물질이 된다고 한다. 이렇게 바뀐 신경전달

---

17) 조 디스펜자 지음, 추미란 옮김, 《당신도 초자연적이 될 수 있다》, 샨티, 2019, p.393.

물질은 우리 몸에 놀라운 변화를 가져다준다.

그중 몇 가지를 살펴보면 더 높은 에너지(주파수)와 더 높은 의식 상태가 송과선과 상호작용을 하면 "송과선의 멜라토닌이 벤조디아제핀(benzodiazepine)이라는 화학물질로 바뀌는데, 이는 스트레스를 줄여주는 신경 안정제의 일종으로 편도체 내의 신경 활동을 억눌러 우리를 불안, 두려움, 화, 동요에서 벗어나게 하고 편안하고 고요하게 해준다."[18] 그래서 명상을 하면 우리 몸이 가장 먼저 스트레스에서 벗어나 마음이 편안해진다.

멜라토닌에서 나오는 또 다른 화학물질은 피놀린(pinoline)이라는 강력한 항산화제이다. 피놀린은 면역 기능을 높여 줄 뿐 아니라 활성산소를 제거하는 항노화 작용을 한다. 그래서 꾸준한 명상으로 송과선을 활성화한 사람은 그렇지 않은 사람보다 15년은 젊다고 한다.

"멜라토닌은 또 하나의 놀라운 물질인 인돌아민(indolamine)으로 바뀐다. 인돌아민은 자극을 받을 때마다 에너지로 불을 밝히는 전기뱀장어처럼 인광 발광성을 갖고 있어 신경계에 에너지를

---

18) 조 디스펜자 지음, 추미란 옮김,《당신도 초자연적이 될 수 있다》, 샨티, 2019, p.405~407.

증폭시킨다. 이 발광성 물질은 뇌에 에너지를 더할 뿐만 아니라 마음속 이미지도 강화해 초자연적 빛을 내고 초강력 주파수대의 체험도 가능하게 만든다."[19] 이렇게 인돌아민 같은 화학물질이 분비되면 내면에 빛이 발산하고 신경계의 에너지를 증폭시켜 눈을 감아도 불을 켜놓은 듯 환한 빛이 내 안에 가득 차게 된다. 성경에 "너의 두 눈이 하나가 되면 너의 몸이 빛으로 가득 차게 될 것이다."[20]라는 말씀이 있다. 이 말씀은 송과체가 활성화되어 '영'의 눈이 떠진 것을 의미한다고 볼 수 있다.

마지막으로 멜라토닌이 또 한 번 바뀌면 "DMT(디메틸트립타민)라는 강력한 환각물질 중 하나가 만들어진다. 이 물질은 명상 중에 우리를 황홀경에 빠지게 하고 더 깊은 체험도 가능하게 해준다."[21]

이렇게 내면 자아가 깨어나 투명한 의식인 '나 자신'이 될 때 우리는 덩어리 몸을 가진 나를 넘어 양자적 '나'로 에너지가 높아진

---

19) 조 디스펜자 지음, 추미란 옮김,《당신도 초자연적이 될 수 있다》, 샨티, 2019, p.405~407.
20)《마태오복음》6장 22절
21) 조 디스펜자 지음, 추미란 옮김,《당신도 초자연적이 될 수 있다》, 샨티, 2019, p.409.

다. 이렇게 높아진 진동에너지는 누구나 가지고 있는 송과선의 기능들을 활성화하여, 말 그대로 고차원 세계의 경험도 가능하게 해준다. 이 모든 현상은 명상으로 진동에너지(주파수)가 높아져 우리의 뇌(송과선)에서 일어난 일들이다.

명상으로 높아진 의식에너지 상태일 때 의식은 우리의 몸을 찰나적으로 들락거리는데, 그 찰나적으로 다녀온 곳을 보기도 한다. 그래서 눈을 감고 방에 앉아 있지만, 숲속 나뭇잎 사이를 유영하듯 돌아다니기도 하고 멀리 태양 위에 머물다 오기도 한다. 뿐만 아니라 시간을 거슬러 과거생의 주요장면을 보고 오기도 한다. 우리가 의식으로 양자 상태일 때 비국소적으로 시공간을 초월해 모든 곳에 존재하기 때문이다. 가까운 지인은 명상 중에 지구 밖에서 지구를 보면서 명상에 들어앉아 있었다고도 했다.

이처럼 높은 진동에너지(주파수)에 의해 송과체가 활성화되면 심지어 미시세계에 속하는 양자들의 생성과 소멸을 볼 수도 있다. 이때 우리는 양자들이 빛으로 된 역선(lines of force)으로 그물망처럼 연결되어 출렁이는 모습을 볼 수 있다. 이를 통해 우리는 하나의 장(場, field)에 연결된 존재라는 것도 '보고 아는 지혜'를 얻는다.

'나'라는 실체는 없다 (나는 일루션이다)

　명상으로 의식에너지가 높아졌을 때 놀라운 현상을 잇달아 보고 알게 되었다. 더욱더 놀라운 것은 미시세계뿐만 아니라 현실의 우리 자신도 마치 양자처럼 찰나적으로 생성과 소멸을 반복하는 것이었다. 좀 더 자세히 말해 우리의 두 눈이 이중슬릿(double slit) 효과를 내는 것 같았다. 하나의 입자가 이중슬릿의 두 구멍 중 입자로서 한 구멍만 통과하기도 하지만 파동의 성질로 변하면 하나의 입자가 동시에 두 구멍을 통과해 두 지점에 나타나기도 했다. 또 하나의 사물이 둘로 나누어져 둘로 보이다가 하나가 쓱 사라져 버리기도 하고 또 소멸간섭이 일어나는 것처럼 모두 사라져 버리기도 했다. 양자들의 특성인 생성과 소멸을 현실의 사물들도 똑같이 하고 있었다. 즉 사물들이 파동의 성질로 양자들처럼 행동했다.

거울에 비추어진 나 역시 둘로 나뉘어 생성과 소멸을 반복하며 나타났다 사라졌다 하는 것이었다. 참으로 놀라운 광경이었다. '나'라는 단단한 실체가 없었다. 말 그대로 '무아'였다. 이처럼 우리의 실재는 마치 환영(일루션)과 같이 단단한 형상 없이 쉼 없이 생겨났다 다시 사라짐을 반복하는 모습으로 존재했다. 오직 투명한 의식으로 있는 '나'는 내면의 관찰자로 조용히 지켜보고 있었다. 여기서 '무아'란 몸과 마음을 '나'라 여기고 사는 '에고'로서의 '나'는 없다는 것이다. 다만 나를 구성하고 있는 양자들의 찰나적 생성과 소멸만이 반복되고 있었다. 그렇지만 이를 지켜보는 관찰자인 빛나고 청정한 의식의 '나'가 지켜보고 있었다.

우리는 이 육체를 가진 나를 너무나 굳건히 '나'로 믿고 살고 있는데, 이 물질 몸은 찰나적으로 생성과 소멸을 반복하는 환영과 같았다. 이처럼 내가 본 우리들의 실재 모습은 환영과 같은 '무아'였지만 파동의 성질로 무한한 가능성으로 자유로운 상태였다. 즉 고정된 상태가 아닌 계속해서 변화하는 모습으로 있었다.

거울에 비추어진 나의 모습은 마치 겹쳐진 두 장의 영상이 각각 양옆으로 펼쳐진 듯 둘로 나뉜 내가 나타났다 사라짐을 반복했다. 거울 속에서 둘로 나뉜 나의 모습 중 하나의 '나'를 지켜보면 그 나로부터 빛이 나오기 시작했다. 몸 안쪽에서는 푸른 코발트색 빛이 나오고, 머리 주변에는 흰빛이 띠를 두르듯 나오고, 좀 더 시간이 지나면 그 위로 노란색 후광까지 밝게 빛이 나기 시작했다. 이렇게 한참 동안 하나의 나의 모습에 의식을 집중해 나에게서 나오는 빛을 보다가, 나의 의식을 옆에 있는 다른 형상의 '나'의 모습으로 옮겨 보았다. 그런데 이때 뭔가 푸른 빛 덩어리가 쓱 따라오는 것이었다. 처음 이 현상을 목격했을 때는 어찌나 놀랐는지 소름이 돋고 등골이 오싹했다. 그 코발트색 빛은 우리가 알고 있는, 죽으면 우리 몸에서 나간다는 푸른 빛 덩어리, 즉 혼불이었다.

그러나 그런 현상을 자주 목격하고 그 빛이 우리 몸에서 나오는 전자기에너지 빛이라는 것을 안 뒤로는 놀라는 일 없이 계속해서 관찰했다. 그런데 정말 놀라운 점은 의식이 가는 곳으로 에너지가 가고, 의식이 없는 곳은 빈껍데기 같은 형상만 있는 모습의 '나'라는 것이다. 즉 둘로 나뉜 나의 영상 중 내가 바라보며 의식을 집중하는 나의 모습에만 에너지가 있어 빛을 내며 존재했다. 그리고 의식이 없는 옆에 있던 또 하나의 나의 모습은 빛이 없는 빈껍데기와 같은 허상으로 있었다. 이는 아주 중요한 메시지를 갖는 체험이었다.

우리는 항상 자기 자신으로 살고 있다고 생각하지만, 우리 의식은 언제나 생각으로 다른 곳에 가 있다. 즉 생각으로 의식이 다른 곳에 가 있는 동안에는 내 몸 안에 실재의 '나'는 없다는 것이다. 만일 잠시도 침묵하지 못하고 쉼 없는 생각으로 의식이 어딘가에 가 있다면 내 안에 '나 자신(I am)'은 없고, 빈껍데기 같은 몸만 이리저리 분주히 움직이며 사는 것과 같다. 달리 말해 '영'으로서의 진정한 '나 자신'은 양자 상태의 미세한 의식으로 있다. 그래서 의식이 생각으로 외부에 가 있는 동안 '나'를 '나'로 알고 있는 육체는 물질 덩어리일 뿐이다.

그러므로 생각을 멈추고 자신을 들여다볼 때, 즉 내 안에 자신의 의식이 머물 때 비로소 우리는 '나 자신'으로 존재하는 것이다. 이때 우리는 우주와 연결된 그리고 나의 근원과 연결된 '나 자신'으로 살게 된다.

나무 한 그루와 화분이 보여준 현실 세계의 양자 쇼

우리가 사는 3차원 현실 세계에서 사물들의 양자적 파동성을 처음 목격한 것은 2017년 이탈리아 북부에 있는 코모 호수 인근으로 여름휴가를 갔을 때이다. 어느 날 편안한 마음으로 가든 의자에 앉아 호숫가의 나무 한 그루에 의식을 집중하고 명상에 들어갔다.

명상을 시작한 지 30분쯤 지났을 때 내가 보고 있던 나무가 갑자기 양옆으로 나뉘어 두 그루가 되는 것이었다. 그리고 두 나무가 점점 옆으로 벌어지더니 그중 한 그루가 쓱 사라졌다 다시 나타나기를 반복하더니 이번에는 둘 다 사라졌다가 다시 나타났다. '대체 이게 무슨 현상이지?' 하면서 자세히 살폈더니 나무 밑동에 있던 화분 하나도 둘로 나뉜 나무처럼 독자적으로 둘로 나뉘어 나타났다 사라지기를 반복했다. 화분이 둘로 나뉘어 양옆으로 벌어진 각도로 나무와 같이 움직였다. 나무 바로 아래에 있었기 때문인 듯했다.

나무 한 그루와 화분 하나가 둘로 나뉘어 서로 깜빡이고 또 각자 깜박이며 생성과 소멸을 반복한 모습은 〈그림 2〉에서와 같이 4가지 경우의 수인 16가지 모습으로 나타났다. 확률적으로 맨 앞쪽이 가장 높은 빈도수로 나타났고, 둘 다 사라지는 것 또한 30분 동안 여러 번 관찰할 수 있었다. 두 개의 나무가 서로 멀어지는 정도는 시야 범위였고, 그 범위 내에서 둘은 불연속적으로 서로 멀어지거나 가까워지기를 반복했다. 이는 마치 전자가 이중슬릿(double slit)을 통과해 뒷벽에 도달하면서 간섭무늬가 불연속적으로 나타나는 모습과 같았다. 이처럼 나무 한 그루와 화분 한 개가 내 눈앞에서 불연속적으로 나타났다 사라짐을 반복하였다. 정말 놀랍고 믿기 힘든 광경이었다.

이 현상은 마치 두 장의 똑같은 2차원 영상이 겹쳐져 있다가 둘

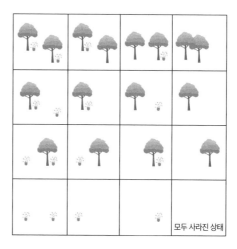

〈그림 2〉 나무 한 그루와 화분 한 개가 둘로 나뉘어 나타났다가 사라짐을 반복하는 모습.

내 눈앞에서 나무와 화분이 4가지 경우의 수인 16가지 모습으로 나타났다 사라짐을 반복했다. 이 모습은 마치 전자가 이중슬릿을 통과해 파동의 간섭무늬로 여러 군데 나타나는 것과 같은 현상으로 보였다. 시야 안에서 나무와 화분의 위치가 바뀌며 불연속적으로 나타남과 사라짐을 반복했다.

로 나누어지는 것처럼 나무와 화분도 양옆으로 펼쳐져 둘이 되었다. 그런 다음 시야 범위 내에서 양옆으로 움직이며 생겨났다 사라졌는데, 이는 마치 양자들의 행동과 같았다. 양자들이 찰나적으로 생멸하며 깜빡이는 것처럼 나무와 화분도 나타남과 사라짐을 반복한 것이다.

이는 우리가 사는 3차원이 사실 두 개의 똑같은 2차원 영상이 겹쳐져 있는 것이 아닌가 하는 생각이 들 정도였다. 그래서 과학자들이 쌍둥이 차원, 또는 거울 우주 등과 같은 이론을 내놓은 건가 하는 생각도 들게 했다.

이렇게 나무와 화분이 마치 양자들처럼 행동하는 것을 보면서 '아~ 정말 이 세상은 일루션(환영)이구나!' 하는 생각을 맨 먼저 했다. 그러다 잠시 뒤 이것은 전자의 이중슬릿 실험에서 간섭현상이 나타난 것처럼 전자가 아닌 나무 한 그루와 화분이 내 눈앞에서 같은 현상을 보인 것으로 이해하게 됐다. 이들이 마치 양자들처럼 생성과 사라짐을 반복하고 있었기 때문이다. 나는 이 놀라운 현상이 나무 한 그루와 화분의 '양자 쇼'라는 것을 직감할 수 있었다.

양자들의 기이한 현상을 다큐멘터리로 많이 본 덕분이었다. 그 당시 명상을 통해 내가 실제로 보았던 그 순간의 흥분되고 놀라웠던 기쁨을 사람들과 같이 나누고 싶었다. 그 모습이 우리가 사는 세계의 내부모습이다. 놀랍고 경이로워 나의 짧은 글로는 뭐라 표현하기조차 어렵다. 말이나 글은 이 세상 너머의 것을 설명하는 데에 한계가 있으니 과학적 상상력을 총동원해 봐야 할 것 같다.

내가 미시세계의 내부모습인 입자들의 생성과 소멸 현상을 보았다고 말하면 사람들 대다수가 믿을 수 없다는 눈빛을 보인다. 너무나 당연하다. 나 역시 이런 체험 없이 누군가의 이와 같은 말을 들었다면 같은 반응을 보였을 것이다. 하지만 이것은 육체의 눈으로 본 것이 아니다. 명상으로 송과체가 활성화되어 우리 안에 있는 우리 고유 능력의 일부인 그 기능으로 본 것이다.

나처럼 육체의 눈이 아닌 천안통(天眼通, 하늘의 눈)이 열려 미세한 물질을 본 기록이 있어 소개해 보겠다.

"부처님 시절 불교의 여러 부파 중 한 부파의 규율을 기록해 놓은 율장의 규범서의 주석서[22)]에 나온 기록이다. 부처님 제자 중 지혜 제일이라는 사리붓다(사리불)가 수행 중에 어느 날 갑자기 허공 가득 벌레를 보았다. 식사하려는데 그릇 속에 물가의 모래 알과 같고 작은 좁쌀 같은 미세한 물질이 보였다. 이는 마치 벌레처럼 보여 식사를 하면 이 벌레를 살생하게 되고, 불가의 윤리 덕목인 규율을 어기게 되므로 식사를 못 하고 있었다. 이 소식을 전해 들은 부처님이 오셔서 '천안으로 보지 말고 육안으로 보아라.' 하셨다. 그래서 육안으로 보니 모래알 같던 미세한 벌레들이 사라져 식사를 하셨다는 일화가 기록으로 전해 내려오고 있다."[23]

사리붓다께서는 물가의 모래알 같고 작은 좁쌀과 같은 것이 허공의 육면체 안에서 반짝거리고 있어 그것을 벌레로 보았다. 그래서 '호충'이라 부르셨는데, 집 '호(戶)' 글자를 써서 '집 안에 든 벌레'라 부르셨다. 이를 알게 된 나는 탄성이 절로 나왔다. 나처럼 미세한 세계를 본 기록이 있다는 것을 알았기 때문이다. 이것은 정확히 내가 허공에서 본 입자들이 반짝이는 모습과 같았다.

나 역시 밤에 명상을 마치고 눈을 떠보면 깜깜한 내 방 안에 무수히 많은 모래알 같은 작은 입자들이 밤하늘의 작은 별들처럼 방 안 전체를 꽉 채우고 깜빡이는 것을 볼 수 있었다. 좀 더 자세

22) 살바다비니비바사 율장 해설서(살바 아스티바 비브하사의 음사어)
23) 김성철 교수님 강의 중에서

히 보면 작은 입자들이 입체 역선(lines of force)들로 연결되어 깜빡인 모습은 '호충'의 모습과 정확히 닮은 모습이었다.

부처님 시절(2,500년 전)의 사리붓다께서는 미세한 물질이 깜빡이며 미세한 움직임이 있는 것을 보고 살아있는 생명체인 벌레로 보셨다. 그러나 21세기를 사는 나는 그 물질을 양자장의 양자들이 빛을 내며 생성과 소멸을 거듭하는 양자장의 요동으로 보았다. 이것이 다르다면 다른 점이다.

제 2 장

나의 바람(wish)을 이루어 줄 존재는 밖에 있지 않고 내 안에 있다. 그리고 그것을 현실화하는 것 또한 '나' 자신이다. 나의 의식(의지, 마음)이 집중되는 곳으로 에너지가 가기 때문에 내가 바라는 것에 먼저 의식을 집중하고 에너지를 높여야 한다. 그러면 그것이 가능성의 장(양자장)을 끌어당겨 현실이 된다.

홀로그램과 같은 내면세계

　몰입 명상의 힘으로 본 내면세계[24]는 망으로 연결되어 출렁이는 하나의 물결(wave)과도 같았다. 이때의 내면세계는 조화롭고 고요한 공(空)의 세계로 광대하다. 이곳을 들여다보고 있으면 내가 텅 빈 우주 공간에 그 일부가 되어 존재하는 듯 평안함과 잔잔한 지복(至福) 상태에 있다. 이 세계는 놀라움, 경이로움 등 그 어떤 형용사로도 표현할 길이 없는, 오직 체험으로만 알 수 있는 경이로운 세계다. 그래서 이 세계는 언어로 경계 지어 표현하기 어

---

24) 내면세계: 감각 너머의 보이지 않는 세계로 실재의 더 깊은 차원(5차원 이상)을 말하고 있다. 이 세계는 원자보다 작은 아원자로 이루어진 세계(차원)이기 때문에 양자적 성질을 띤다. 그래서 모든 곳에 중첩되어 있어 홀로그램 방식으로 존재한다.

렵다. 텅 비어 보이는 듯하나 물질로 가득 차 있고, 잘 짜인 직물처럼 빛으로 된 그물망으로 연결되어 있다.

처음 물질수행 때 투명한 빛 속으로 공간! 공간! 하면서 안으로 안으로 들어갔더니 궁극의 물질인 '깔라빠'[25]가 내면의 하늘을 온통 채우고 깜박이고 있었다. 이때 나는 내면으로부터 꽉 차오르는 기쁨으로 눈물을 흘렸고, 그 순간의 희열은 파동으로 퍼져 나가 같이 수행하던 수행자들의 마음에도 감동으로 출렁이게 했다.

그런 명상 체험 후 몇 년 뒤, 나를 더욱 놀라게 한 것은 우리가 사는 3차원 공간인 현실 세계에서 나무 한 그루와 화분 한 개가 내 앞에서 보여준 양자적 행동이었다. 나무 한 그루가 마치 하나의 양자처럼 둘로 나뉘어 점차 사라졌다가 나타나기를 반복한 것이다. 마치 홀로그램 쇼를 보고 있는 것 같은 풍경이 내 앞에 펼쳐졌다. 이 광경을 처음 목격했을 때의 흥분과 감동을 당시에는 제대로 전할 길이 없었지만, 이제는 그때의 양자적 특성을 양자역학으로 하나하나 설명해 보겠다.

---

25) 깔라빠: 산크리스트어로 물질의 최소 단위. 원자보다 작은 아원자에 해당한다.

누구나 알고 있듯이 양자(quantum)는 그 크기가 우리의 다섯 감각으로는 지각할 수 없을 만큼 작을 뿐 아니라 그 특성 또한 우리가 이해할 수 없는 방식으로 행동한다. 미립자인 양자들은 입자이면서 동시에 파동성으로 이중성을 지닌다. 이중슬릿 실험을 통해서 본 전자는 하나가 두 구멍(슬릿)을 동시에 통과해 두 곳에 동시에 나타나기도 해 뒤쪽 스크린에 간섭무늬가 나타난다. 또 입자의 속도를 알면 위치를 알 수 없어 모든 곳에 동시에 중첩되어 존재하다 이를 측정하면 파동함수가 깨져 하나만 관찰된다는 것이다. 그 외의 많은 양자적 특성은 그들만의 방식으로 존재한다. 이런 양자현상은 미시세계인 아주 작은 입자들의 세계에서만 일어나는 현상으로 특정 조건을 갖춘 실험실에서만 관찰되었다.

그러나 우리가 사는 현실의 모든 물체와 우리 자신까지도 미시세계의 양자들처럼 똑같이 행동하는 것을 경험하고는 놀라지 않을 수 없었다. 만약 우리도 양자적 특성을 가졌다면 파동의 성질로 이중슬릿(double slit)의 두 구멍을 동시에 통과해 뒷벽에 두 명의 나로 나타날 수 있다는 것과 같다. 단지 그 확률이 매우 낮을 뿐이다. 이뿐 아니라 양자적 특성으로 인해 둘은 사라졌다 생겨나기를 반복하고, 위치도 불연속적으로 나타나고 심지어 동시에 모두 사라져 버리기도 할 것이다. 파동처럼 소멸간섭이 일어난 것이다. 이는 양자로서의 우리들의 모습이고, 내면세계의 우리들의 모습이다.

물결처럼 또 양자들처럼 깜빡이며 사라졌다 나타나기를 반복하기에 두 개의 형상이 겹쳐져 있는 것 같았다. 이는 모든 물체의 상(像)이 중첩되어 마치 홀로그램처럼 가물거리는 (그렇다고 흐릿하지는 않다. 사라질 때 부분적으로 흐려질 수는 있지만) 환영(일루션)과 같았다. 이처럼 우리 세계는 각각의 물체가 뚜렷한 경계를 가지고 각자 독립적으로 있지 않았다. 우리 주변의 모든 물체는 홀로그램처럼 서로 겹쳐져 있었다.

물체들이 있는 이차원 영상 두 장이 양옆으로 나누어지고 두 영상 안에 있는 물체들이 서로 겹치면서 찰나적으로 생성과 소멸을 반복하고 있다고 잠시 상상해보라. 이것이 눈에 보이지 않는 우리들의 내부모습으로 이 순간 일어나고 있는 일들이다. 세상의 무엇 하나 제자리에서 고정된 형상으로 가만히 있지 않는다. 모두 찰나적 생성과 소멸을 반복하며 깜빡이고 있다. 마치 양자들처럼.

그런데 우리는 이런 원리가 전혀 적용되지 않는 것처럼 단단하고 고정된 형체가 있는 물체들 속에 살고 있다. 나 역시 단단한 물질 형체를 가진 존재로 살고 있다. 하지만 양자적 미시세계를 나의 두 눈으로 직접 본 후로는 너무나 당연하게 받아들이고 살아온 이 세상의 조화로움에 무한 감사의 마음이 생기지 않을 수 없었다. 이 세상은 적어도 어지럽게 쓱 생겼다 사라짐을 반복하지 않고 단단하여 우리가 연속적인 세상 경험을 할 수 있기 때문이다.

양자현상으로 이해하고 보면, 우리가 사는 이 세상이 환영과 같은 허상으로 보인다. 맞다. 허상이었다. 그래서 자유롭다. 누군가는 '그럼 이 세상은 무슨 의미가 있는가?' 하며 허무주의에 빠질 수도 있을 것이다. 그러나 본질을 봐야 한다. 허상처럼 보이는 이유는 이 세상 모든 것들은 물질이고, 물질은 양자의 속성을 지니고 있어 순간순간 생성과 소멸을 반복하고 깜빡이며 진동하는 '에너지'이기 때문이다. 그래서 단단하고 고정불변한 형상이 아닌 홀로그램과 같은 환영(일루션)이지만, 이것의 진정한 의미는 우리는 진동하는 에너지로, 무한 가능성의 장(場, field)에 가능태로 있는 자유로운 상태라는 것이다.

이런 원리를 우리 현실 세계에 적용하면, 우리 자신도 파동의 성질로 자유롭게 어디에나 존재하는, 무한 가능성으로 있는 신의 속성을 가진 존재라 할 수 있다. 그렇다면 우리는 육체의 건강뿐 아니라 원하는 물질적인 삶 또한 스스로 창조할 수 있다는 말과 같다. 그래서 중요한 것은 단단한 물질로 된 형상이 있느냐 없느냐가 아니라, 자유로운 가능태로 있는 우리의 진정한 본성을 아는 것이 더 중요한 것이다.

나의 본성(I am)은 내면의 주시자로 투명하게 빛나는 의식이고 진동하는 에너지이다. 그리고 '빛이고 사랑'이다. 이런 우리의 존재 상태는 진동하는 에너지로 자유로운 가능성으로 있다. 그러니 상상하며 그 가능성을 펼쳐보라. 주저하지 말고 행동하고, 자신을 표현해 보라. 우리가 그런 가능성의 장에 있다는 것을 알면 이 세상의 의미가 더욱 다르게 다가올 것이다. 우리에게 물질 세상을 경험할 수 있게 해주는 이곳 지구(자연)의 조화로움에 감탄하지 않을 수 없게 된다. 어느 것 하나 우주의 조화로서 신의 섭리가 아닌 것이 없기 때문이다. 우리는 저마다 파동에너지를 지니고 다른 모두와 조화롭게 연결된 하나다.

공부하고 수행할수록 우주는 생명 탄생을 위해 극도로 미세하게 잘 조절된 것(인류 원리)처럼 보였다. 그중에도 우리 지구가 갖는 조화로움은 신[26]이 준 선물 같았다. 만일 내가 한 곳에 있지 않고 여기에도 있고 저기에도 있고 몸도 반은 사라졌다 다시 나타나기를 반복하는 상태로 있다면 어떻게 일상을 경험하고 서로 교감하며 살 수 있겠는가? 그런데 실재 지금 이 순간 우리들은 이와 같이 존재한다. 놀랍지 아니한가?

우리도 양자로 이루어진 물질 몸을 가지고 살고 있기 때문에 우리도 양자들의 행동방식이 그대로 적용되어 존재하고 있다. 그뿐만 아니라 우리의 의식 또한 하나의 미립자로서 양자 상태인 '양자의식'으로 있다. 그래서 이 세상은 양자의 원리가 그대로 적용되어 작동되고 있다.

탄소 60개로 된 분자 풀러렌(Fullerene, C_{60})도 이중슬릿 실험에서 이중성이 확인되었다. 미생물인 그라미시딘(gramicidin)으로 진행한 이중슬릿 실험에서도 같은 현상이 관측되었다. 재미있는 사실은 이중슬릿 실험에서 어떻게 이런 일이 일어나는지 궁금해 눈으로 확인하면, 즉 관측이라는 행위를 하면 파동성이 없어진다고 한다. 그리고 '뭔 소리야! 나는 입자야!' 하는 것처럼 정직하게

---

26) 여기서 '신'은 특정 종교의 '신'을 의미하지 않는다. 그보다는 우주의 조화로서 우주 전체에 작용하는 하나의 힘(우주의식)을 의미한다.

하나의 구멍에 입자 한 개씩 통과해 간섭현상이 일어나지 않는다는 것이다. 즉 실험실에서 눈으로 확인하는 등 외부와 상호작용하지 않는 완전한 '결맞음(coherence)' 상태에서만 파동의 간섭성이 확인되었다. 그런데 관측이라는 행위를 하면 파동의 결맞음이 깨져 '결어긋남(decoherence)' 상태가 되어 파동성이 붕괴하고 오직 입자로서의 특성만 나타난다고 한다.

이를 이해하기 쉽게 그림으로 표현하면, 〈그림 3〉에서처럼 파장의 골과 골이 맞는, 같은 크기의 파동들이 모여 있으면 '결맞음' 상태이다. 이런 결맞음 상태에서만 입자의 파동성이 관찰된다. 레이저 빛이

〈그림 3〉 결맞음 파동

이 상태이다.

그리고 〈그림 4〉처럼 세상 물질과의 상호작용으로 서로 다른 파동으로 골과 골이 어긋난 파동들이 '결어긋남' 상태에 있다고 한다. 결어긋남 상태란 우리의 평상시 상태이다. 서로 다른 크기의 파동들은

〈그림 4〉 결어긋남 파동

힘을 전혀 발휘할 수 없어 에너지가 크지 않다. 형광등 빛처럼 서로 산란하는 빛은 결어긋남 상태에 있다고 할 수 있다. 즉 우리 현실에서의 빛들은 모두 결어긋남 상태의 빛이어서 파동성을 볼 수가 없다.

이처럼 실험실에서 결맞음 조건이 되어야만 물질의 이중성인 입자이면서 동시에 파동의 성질이 나타나는 현상을 관측할 수 있었다. 즉 파동의 결맞음 상태로 나타나는 현상은 내가 어떻게 몰입 명상으로 눈으로 볼 수 없는 미시세계의 물질의 이중성을 볼 수 있었는가에 대한 설명이 될 수 있다. 몰입 명상은 파동의 결맞음 상태와 같은 의식의 파장을 골과 골이 맞는 조화롭고 규칙적인 파동으로 만들어 준다. 이와 같이 파동이 결맞음 상태가 되면 에너지가 커져 큰 힘을 발휘할 수 있다.

우리가 인식할 수 있는 세계는
어디까지일까?

기본입자인 원자와 원자보다 작은 입자들인 양자와 같은 미립
자의 세계가 있다. 그리고 이 양자들이 모여서 만들어진 물질세
계와 지구와 같은 행성과 태양과 같은 항성들이 모여 만든 은하,
또 이 은하들이 모여 만든 거대한 공간인 우주까지를 우리가 아
는 세계라 한다. 그리고 우주에 대해 지금까지 우리가 아는 것은
제한적이지만 허블 우주망원경과 제임스 웹 우주망원경을 통해
우주의 깊숙한 곳까지 들여다볼 수 있게 되었다.

그중 원자보다 작은 미립자의 세계는 우리의 감각으로 인지할
수 없을 뿐 아니라 검증이 힘든 암흑 물질과 암흑 에너지가 우주

의 95%가량을 차지하고 있다. 그런데 이러한 세계들 또한 우리의 현실 세계와 같은 파동함수를 갖고 서로 연결되어 상호작용하는 거대한 하나의 장(場, field)이라고 한다. 이는 우리 세계와 우주 공간이 같은 파동함수를 갖는 하나의 장이기 때문에 우리 의식의 인식 범위가 공간적으로 넓어지면 감각 너머에 있는 미세한 입자들의 세계도 볼 수 있는 세계라는 의미와 같다. 즉 우리의 의식에너지의 진동 주파수를 높이면 가시광선보다 더 높은 영역대의 진동 주파수까지 인식할 수 있다는 말과 같다. 다시 말해 눈으로 볼 수 없는 다른 차원까지 볼 수도 있다는 것이다.

나는 여기서 높은 진동 주파수대의 세계를 이해하기 쉽게 고차원이라 부르겠다. 이때 고차원은 미립자의 세계로 에너지가 큰 진동 주파수를 갖는 게 특징이다. 이는 파장은 짧고 진동수는 큰 주파수대로 우리의 감각기관으로는 인지하기 어렵다. 이렇게 진동 주파수가 서로 달라 볼 수는 없으나 엄연히 존재하는 고차원도 우리의 현실 세계와 연결되어 상호작용하는, 확장된 하나의 우리 세계라 할 수 있다.

물질의 기본단위인 원자는 핵과 전자로 구성되어 있는데, 원자핵을 쪼개면 양성자와 중성자로 이루어져 있고, 양성자를 쪼개면

쿼크(업쿼크 2개 다운쿼크 1개)로 이루어져 있다. 그리고 원자 이하의 전자와 쿼크 같은 미세한 입자들을 아원자라 부른다. 이렇게 입자가 미세해지면 파동에너지가 커져서 입자의 성질뿐 아니라 파동의 성질을 갖는 양자의 고유한 특성이 나타난다.

입자가 미세해질수록 매우 높은 에너지를 가해 검출되고, 이는 빠른 진동주파수를 갖는 입자들이다. 이처럼 입자들이 미세해질수록 높은 진동에너지를 갖고 있어 가시광선만을 볼 수 있는 우리의 감각으로는 인지할 수 없지만, 원자보다 작은 전자와 같은 미립자들의 세계(미시세계)는 양자역학으로 밝혀져 있다.

미국의 물리학자 리처드 파이만(Richard Feynman)이 "양자역학을 제대로 이해한 사람은 없다."고 말할 만큼 양자의 세계는 기이해서 이해하기 어려운 것이 사실이다. 그러나 물질뿐 아니라 우리 자신도 쪼개고 쪼개서 들어가다 보면 원자보다 작은 아원자들로 이루어져 있다. 이 말은 우리 자신도 우리가 이해할 수 없는 방식으로 존재한다는 말과 같다.

여기서 아원자들의 특성을 알아보면 양자화되어 있어 어떤 특정한 양을 갖는다는 것이다. 운동량이든 에너지량이든. 두 번째 특성은 파동성과 입자성이 동시에 나타나는 이중성을 갖는다는 것이다. 이 특성이 사람들을 어리둥절하게 만드는 대표적 특성 중 하나이다. 이 말은 내가 입자로 이곳에 있을 수도 있고 파동의 성질로 여러 곳에 동시에 존재할 수도 있다는 의미이다. 즉 손오 공처럼 여럿이 될 수도 있다는 뜻이다. 또 파동의 소멸간섭으로 둘 다 사라져 버릴 수도 있다.

아원자들의 세 번째 특성은 불확정성의 원리이다. 이 특성이 가장 놀라운 현상일 것이다. 이는 아원자 세계에서 양자들의 특성 (입자의 위치와 운동속도)을 동시에 정확하게 측정할 수 없다는 것으로 양자들의 운동속도를 알면 위치를 정확히 알 수 없게 된다. 이렇게 양자들의 위치를 정확히 알 수 없어 양자들은 어디에나 구름처럼 확률로 존재하다 측정하면 파동함수가 깨져서 관측된다. 물론 파동함수가 큰 곳에서는 관측될 확률이 높다. 그러나 지구 반대편 아니 다른 은하에도 존재할 가능성이 있다.

이렇게 양자들은 위치가 정해져 있지 않아 비국소(nonlocality) 적으로 존재하게 된다. 만약 우리도 미립자 상태에서 양자화된다면 우주 전체에 관측 전까지는 없는 곳 없이 모든 곳에 편재해 존재한다는 의미와 같다. 이는 신의 존재 방식과 같다고 할 수 있다.

양자들 역시 무소부재(無所不在)의 '신'처럼 세상 만물에 없는 곳 없이 모든 곳에 편재해 있다는 뜻이다. 양자의 특성과 같은 방식으로 '신'이 존재하심을 알 수 있다.

양자의 또 다른 특성 중 하나는 얽힘 현상이다. 서로 얽혀 있는 두 입자는 지구 반대편이나 다른 은하에 가져다 놓아도 즉시 동시에 정보와 상태가 전달되어 결정된다는 것이다. 상대성 이론에 따르면 빛의 속도보다 빠른 것은 없다. 그러나 그런 것쯤은 가볍게 무시하고 양자의 정보와 상태가 즉시 전달된다고 한다. 그래서 이를 아인슈타인은 유령 같은 현상이라고까지 했다.

아인슈타인은 양자의 그런 물리학적 특성에 심기가 불편하여 "신은 주사위 놀이를 하지 않는다."라고 말했을 만큼 양자화된 아원자들의 행동방식은 기이하다. 그러나 이것이 우리 세계의 존재 방식이다. 우주 세계는 그들의 존재 방식에 인간의 이해를 구하지 않는다. 그가 아무리 아인슈타인일지라도. 그리고 이것이 우리 세계의 실재 모습이기도 하다. 우리가 이해하든 이해하지 못하든 그것은 우리의 문제일 뿐 우주는 개의치 않고 존재한다. 우리의 빈약한 감각 능력에 의존해 우리 세계를 이해하려는 것이 유일한 문제일 뿐이다.

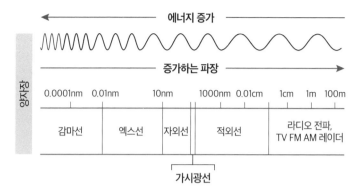

에너지 증가

증가하는 파장

양자장

| 0.0001nm | 0.01nm | 10nm | 1000nm | 0.01cm | 1cm | 1m | 100m |

| 감마선 | 엑스선 | 자외선 | 적외선 | 라디오 전파,
TV FM AM 레이더 |

가시광선

〈그림 5〉 전자기 주파수의 빛 스펙트럼
전자기파 전체 스펙트럼 중 380nm(나노미터)에서 780nm 사이의 아주 좁은 부분인 가시광선
만 우리가 유일하게 볼 수 있는 스펙트럼이다.

우리는 광대한 전자기파 중 아주 좁은 특정 파장대만을 볼 수
있다. 즉 우리 눈은 대략 380nm(나노미터)에서 780nm에 해당하
는 가시광선만을 감지할 수 있다.

이처럼 우리는 한정된 파장대의 정보만을 보고 듣고 인식할 수
있다. 그렇다면 어떻게든 우리가 더 높은 진동수의 파장대를 인
식할 수 있다면 더 넓은 영역으로 확장된 세계를 체험할 수 있게
된다는 말과 같다. 즉 의식의 진동주파수가 높아지면 뇌의 특정
부위가 활성화되어 접힌 질서(implicate/enfolded order)에 해당하
는 내면세계를 볼 수도 있다.

우주 내부를 들여다보면 우주의 빈 공간은 사실 텅 비어 있지 않다. 그곳은 물질로 가득 차 있고, 물질을 이루는 양자들이 그물망처럼 연결되어 출렁이는 거대한 하나의 장이다. 우주가 거대한 하나의 장(field)이라는 뜻은 하나의 파동함수가 적용된 우주의 거대한 장을 하나로 본다는 것이다. 이러한 장들은 직물처럼 입체로 짜여 있다. 그리고 그 그물코가 만나는 곳에서 입자들은 생성과 소멸을 쉼 없이 반복하며 반짝이고 있다.

더욱더 놀라운 사실은 세상에 분리된 시간과 공간은 없다는 것이다. 아인슈타인에 따르면 우리가 알고 있는 시공간은 존재하지 않으며 장의 특성으로만 존재한다는 것이다. 그리고 시공간 역시 모두 양자화되어 있다고 한다. 공간 역시 '플랑크 길이'로 양자화되어 있는데, 플랑크 길이가 얼마나 작은 단위냐면 10^{-33}cm, 즉 10억 분의 10억 분의 10억 분의 1백반 분의 1센티미터라고 한다. 모든 상상력을 동원해서 상상해 봐야 할 것 같다.

이론물리학자 카를로 로벨리는 "세계는 출렁이는 거대한 양자적 공간의 바닷속에 잠겨 생겼다 사라지는 양자 사건들의 무더기들이다."라고 하였다. 이처럼 시간과 공간도 우리가 아는 것과는 전혀 다른 방식으로 있다. 즉 시공간 역시 아주 작은 조각으로 중첩되어 모든 곳에 동시에 있다고 한다.

 여기까지만 봐도 우리의 감각 너머에 있는 미립자의 세계는 우리에게 친절하게 그들의 존재 방식을 보여주지 않는다는 것을 알 수 있다.

시간 역시 미세한 조각으로 존재한다

물리학자들은 시간과 공간을 하나의 '장(場, field)'으로 보았다. 즉 시공간 연속체로 이 역시 하나의 '장'이라고 한다. 다시 말해 우리가 알고 있는 연속적인 시간은 존재하지 않는다는 것이 아인슈타인과 같은 물리학자들의 주장이고, 시공간 역시 양자화되어 '장'의 특성으로만 존재한다는 것이다.

하지만 우리는 너무도 당연하게 시간을 경험하며 살고 있어 연속되는 시간은 없다는 개념을 받아들이기 힘들다. 그래서 시간이란 무엇인지 비유를 들어 설명하려 한다.

롤 필름을 넣은 영사기를 돌려 필름에 빛을 쏘아주면 스크린에
영화가 상영되던 시절이 있었다. 그 롤 필름에는 배우들이 연기
한 순간순간을 찍은 사진들이 감겨 있다. 그리고 정지된 한 컷 한
컷의 사진들을 빠르게 돌리면 배우들이 움직이고 장면도 바뀌면
서 영화가 상영된다. 영화를 볼 때는 정지된 순간순간이 지나가
는 것을 전혀 인지하지 못하고 재미있게 감상한다. 우리는 이 순
간순간을 담은 한 컷 한 컷이 지나가면서 만들어내는 앞뒤의 관
계를 '시간'이라는 관념으로 경험하며 산다. 그러나 우리의 시공
간은 양자화된 '장'으로 있기에, 우리의 시공이라는 롤 필름 안에
는 현재만이 아니라 과거, 미래까지도 아주 작은 조각들로 이미
동시에 모두 담겨 있다.

우리는 지나간 경험을 과거라 말하고, 감겨 있는 롤 필름에서
아직 상영되지 않고 남아 있는 부분을 미래라고 말한다. 이런 시
간을 우리의 관념이 만들어내 경험하고 있다. 그러나 양자화된
시공간에서는 그런 순차적인 과거 현재 미래라는 시간이 없고,
모두 동시에 존재한다는 것이 양자물리학계의 정설이다. 이는 마
치 모든 순간이 저장된 나의 파일에서 지금 이 순간을 클릭해 보
고 있는 것이 현재 이 순간인 것과 같다. 이처럼 모든 정보는 동
시에 존재한다고 한다. 양자화된 시간의 조각들 역시 양자들처럼

모든 곳에 모두 동시에 있다. 지금 이 순간 나의 의식이 어디에 가 있느냐에 따라 우리는 자신이 주인공인 영화를 이 세상에 창조해내고 경험하는 것이다.

앞서 말했듯이 양자물리학적으로 설명해보면 시간과 공간도 하나의 장(場, field)으로 물결치듯이 출렁이고 있고, 이 장들도 양자화되어 있다고 했다. 상상력을 총동원하여 이해해보자. 시간과 공간이 바닷물처럼 하나의 큰 장으로 출렁이는데, 이 장은 플랑크 길이$(1 \times 10^{-33} cm)$[27]만큼 아주 잘게 쪼개진 작은 단위들로 되어 있다고 한다. 이렇게 작디작은 단위의 조각들이 양자의 성질을 띠며 연속적이지도 않고 서로 중첩되어 우주 어디에나 가능성(확률)으로 존재한다.

이렇게 작은 조각으로 있는 시간과 공간이 입자이면서 파동의 성질도 가지고 있다면 우리가 경험하고 있는 지금 이 순간도, 지나간 어제도, 아직 오지 않은 내일이라는 조각도 그런 방식으로 존재한다는 말과 같다. 즉 수없이 많은 가능성의 조각들이 우주

---

27) 플랑크 길이$(10^{-33}$ 센티미터, 즉 10억 분의 10억 분의 10억 분의 1백만 분의 1센티미터), 더 이상 쪼갤 수 없는 최소 단위. 시간과 공간이 장으로 돼 있고, 양자화되어 있다는 것은 시공이 이렇게 작은 단위로 나뉘어 있다는 것이다.

에 출렁이며 존재하다가 나의 의식이 관찰자로 관측하면 많은 가능성으로 있던 한 조각이 내 앞에 창조된다는 것이다. 쉽게 말해 내 의식이 가 있는 곳이 곧 나의 현실로 접속된다는 것이다. 놀랍고 머리가 조금 어지럽다.

그런데 이것이 우리가 사는 세상의 존재 방식이라고 한다. 덴마크의 물리학자 닐스 보어(Niels Bohr)도 이것을 이해하는 데 머리가 어지럽지 않으면 이해하지 못한 것이라고 했다니, 조금은 위안을 얻는다. 이처럼 시간이란 우리가 알고 있는 것처럼 질서를 갖고 과거 현재 미래와 같이 순차적으로 일어나는(진행되는) 어떤 것이 아니라 사건들 간의 앞뒤 관계라는 것이다. 카를로 로벨리는 《시간은 흐르지 않는다》에서 "우주라는 공간에서는 시간이라는 변수가 없고, 과거와 미래의 차이도 없고, 때때로 시공간도 사라진다. 우리가 알고 있던 세상의 기본 구조, 과거-현재-미래 순서로 흐르는 사건, 모든 사람에게 동등하게 느껴지는 세월의 속도도 산산조각 난다. 지금 이 순간에도 '흘러가고' 있는 시간은 사실 연속된 '선'이 아니라 흩어진 '점'이다."라고 말했다.

시공간 역시 양자화되어 모든 것이 한꺼번에 작은 단위로 중첩되어 있다고 한다. 즉 양자역학에 따르면 시공의 조각들은 모든 곳에 중첩되어 한꺼번에 동시에 존재한다. 즉 모든 것이 보이지 않는 시공의 양자장에 한꺼번에 저장되어 있다고 보면 된다. 그렇다면 나의 미래가 운명론적으로 이미 정해져 있다는 것일까? 그런 뜻은 결코 아니다. 양자역학의 불확정성 원리에 따르면 모든 것은 확률적으로 중첩되어 가능성으로 존재하다가 나의 의지에 따른 관찰자 효과로 인해 가능성으로 있는 나의 미래는 끌어당겨진다. 그래서 아무것도 하지 않으면 아무 일도 일어나지 않는다. 원하는 것에 집중해야 내 앞에 현실로 이루어진다. 의식이 가는 곳으로 에너지도 가고 그곳에 내가 있을 확률이 높아지기 때문이다.

좀 더 쉬운 설명으로 마치 내 컴퓨터의 내 파일에 나의 어린 시절부터 지금까지의 모든 기록이 데이터(정보)로 저장되어 있고, 그것을 내가 지금 클릭해서 보고 있는 것이 현재이다. 그러나 그 파일에는 우주 탄생부터 과거 현재 미래 모두 담겨 있어, 나는 원하는 나의 과거의 파일에도 접속할 수 있고 미래의 파일에도 접속해서 볼 수 있다. 여기서 마우스 키를 쥐고 결정하는 것은 나의 의식(마음)이다. 나의 의식이 어디에 있느냐에 따라 셀 수 없을 만큼 많은 나의 파일 중 특정 장면에 접속된다. 쉽게 말해 내가 어떤 생각을 하느냐에 따라 내 앞에 그 화면이 펼쳐지고, 우리는 그 삶을 경험하며 사는 것이다. 즉 내 삶의 기획과 연출은 나 자신이라는 것이다.

마음의 진동주파수와
끌어당김(현실창조)의 관계

나의 의식(생각과 마음)의 진동에너지는 파동으로 퍼져 나가 나와 내 주변을 감싸게 된다. 그리고 우리의 삶은 그 에너지 속에 있게 되어 이에 맞는 사람과 환경으로 구성된 현실에 접속하게 된다. 그래서 현재의 내 몸과 마음뿐 아니라 지금 내가 경험하고 있는 모든 것들은 그동안 내가 내보낸 생각들이 파동으로 되돌아온 것들이다.

이것을 체험으로 알면 큰 자유를 얻는 것과 같다. 왜냐면 이제 더는 불안, 걱정, 분노와 같은 해로운 마음인 부정적이고 낮은 주파수로 진동하는 에너지 파동을 밖으로 내보내려 하지 않을 것이기 때문이다. 또한 자신의 생각을 알아차리고 단속해 사랑, 자애, 연민, 감사와 같은 높게 진동하는 생각을 내보내려 할 것이다. 이렇게 하면 가장 먼저 변하는 것은 나의 건강이다. 이런 사랑과 감사의 마음은 의식의 진동에너지를 높인다. 그러면 나의 몸과 마음이 기쁨으로 가득 차고, 몸이 가장 먼저 반응하면서 최상의 건강 상태로 바뀌게 된다. 그리고 그 진동에너지에 맞는 파동의 환경에 나를 접속시켜 내 삶이 풍요롭고 조화로운 파동 속에 있게 된다.

나의 생각이 바뀌면 그 생각에 따라 파동의 진동수도 바뀌어 모든 것이 바뀌게 된다. 이처럼 나의 생각에 따라 달라지는 의식의 파동은 단단한 물질로 된 세상을 바꿀 만큼 강한 힘을 가졌다. 그러니 평소에 무심코 내뱉는 말 한마디, 무심코 하는 부정적인 걱정들을 조심해야 한다. 그러한 말과 생각들은 어김없이 자신의 현실로 되돌아온다. 말과 생각이 물질로 파동으로 돌아오는 것이다. 그래서 항상 긍정적인 말과 감사, 자애(사랑)의 마음을 담아 생각해야 한다. 불안한 미래를 미리 걱정하는 대신에 원하는 것이 이루어진 것을 상상해보라.

상상이 현실이 된다는 말도 그와 같은 원리로 이해하면 된다.

이 원리는 수많은 가능성이 중첩되어 존재하는 미래라는 가능성의 장(양자장)에 상상으로 내가 원하는 장면(조각) 하나를 끼워 넣는 것과 같다. 이렇게 넣어 놓은 장면은 마치 내 컴퓨터 파일 속에 이미 저장된 장면 하나를 꺼내 볼 수 있듯이 내 앞에 펼쳐볼 수 있다. 이때 집착 없는 마음으로 원하는 것을 툭툭 허공에 던지듯 하는 것이 중요하다. 그리고 원하는 것이 이루어질 때의 기뻐하는 마음도 오감을 동원해 생생하게 느끼고 상상하는 것이 좋다. 가능성의 장(양자장)은 생각 너머에 있는 미세한 에너지장이므로 '내면의 나'와 대화하듯이 접속해야 연결된다. 그래서 생각이 아닌 감각을 이용한 느낌과 상상으로 접속하는 것이 효과적이다.

원하는 것을 붙잡는 마음으로 하면 집착(탐욕의 마음)이 되어 진동에너지가 낮아진다. 집착 없이 즐겁게 상상해보자. 기도가 이루어지는 원리도 그와 같다. 원하는 것을 가능성의 양자장에 끼워 넣으면 그 가능성이 끌어당겨져 이루어진다는 것이다.

이처럼 나의 바람(wish)을 이루어 줄 존재는 밖에 있지 않고 내 안에 있다. 그리고 그것을 현실화하는 것 또한 '나' 자신이다. 나의 의식(의지, 마음)이 집중되는 곳으로 에너지가 가기 때문에 내가 바라는 것에 먼저 의식을 집중하고 에너지를 높여야 한다. 그러면 그것이 가능성의 장(양자장)을 끌어당겨 현실이 된다는 원리이다. 물론 이때 평소 믿던 '신'이나 자연에 기도하여 나의 의지에 플러스알파의 힘을 보탤 수는 있다.

여기서 간과해서는 안 될 중요한 조건이 있다. 원하는 것을 이루려는 사람의 에너지인 진동 주파수와 맞는 것만 끌어당길 수 있다. 예를 들어 내가 우울과 불안, 불만이 가득 찬 길고 느리게 진동하는 에너지를 내보내면서 내가 끌어오고 싶은 것은 행복, 기쁨, 풍요라면 이는 밝고 빠르게 진동하는 에너지이다. 그러면 서로 진동에너지가 맞지 않아 원하는 것을 끌어당길 수 없게 된다. 가령 내가 좋아하는 로맨틱 코미디는 777번(높은 주파수)에서 하는데, 나의 에너지 주파수가 낮아 그 채널에 접속이 안 되는 것과 같다. 그러므로 먼저 자신의 몸과 마음의 진동에너지를 높여야 한다. 몸과 마음은 긴밀하게 상호보완적으로 연결되어 서로 영향을 주고받기 때문에 평소 몸과 마음을 잘 살펴 건강하게 유지해야 한다. 나는 명상만큼이나 운동을 중요시하여 규칙적으로 꾸준히 한다.

영적 에너지를 높이는 방법으로는 좋은 마음(생각과 의도)을 내는 것이다. 그중 가장 높은 진동에너지로 의식을 고양시켜 주는 것은 사랑과 감사의 마음이다. 그리고 이런 마음에서 나오는 생각들, 즉 자애, 연민, 조화, 균형, 평화, 이해, 용서, 기다림, 같이 기뻐함 같은 유익한 마음이 진동에너지를 크게 높여준다. 이처럼 우리의 신체도 물질이어서 진동자처럼 떨리는 파동에너지로 우리 주변과 연결될 뿐 아니라, 우리의 생각과 감정도 파동에너지를 갖는 물질이다. 우리는 잠시도 쉬지 않고 생각의 파동을 통해 우리 주변과 에너지로 교류하며 연결되어 있다. 또 생각에 따라 달라지는 파동에너지가 자신과 물질적인 환경을 바꾸고, 궁극으로는 삶을 디자인한다.

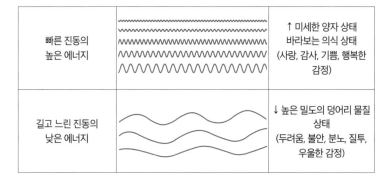

〈그림 6, 7〉 생각, 감정에 따른 진동에너지와의 관계.
진동에너지는 우리의 몸과 마음뿐 아니라 우리의 물질적인 환경까지 바꾸는 힘이 있다.

　그래서 매일 시간이 날 때마다 자애의 명상을 하는 것이 좋다. 자신에게 먼저 '내가 건강하고 행복하기를,' '내 마음에 사랑이 가득하기를'…. 이런 자애의 마음을 반복해서 자신에게 보내보라. 이때 편안하고 행복한 느낌을 느끼면서 명상하는 것이 좋다. 자신이 먼저 행복해져야 좋은 기운이 자신으로부터 주변으로, 파동으로 나가는 힘이 생기기 때문이다.

그렇게 해서 자신의 진동에너지를 충분히 높인 후 주변 사람들에게도 같은 방법으로 자애를 보내는 것이 좋다. 'ㅇㅇ가 편안하고 행복하기를,' 'ㅇㅇ가 하는 일이 잘되기를,' 또는 'ㅇㅇ가 건강하기를' 등 그 사람을 생각으로 떠올리면서 명상을 계속해 보라. 이렇게 주변의 모든 이에게 자애를 보내면 어느 순간 원하는 일들이 이루어지는 경험을 갖게 될 것이다.

특히 감사의 마음이 내는 에너지가 크다. 가장 쉽게 나와 나의 진동에너지를 바꿀 수 있는 방법 중 하나가 모든 일에 감사하기이다. 날마다 감사일기를 써서 감사의 범위를 넓혀가면 어느 순간 기쁨으로 가득 차 매사에 긍정적인 자신을 발견하게 될 것이다. 큰 힘을 가진 트랙터가 무거운 짐을 쉽게 옮기듯이, 사랑과 감사 그리고 건강한 몸으로 높은 진동에너지(힘)를 갖게 되면 매사를 쉽게 풀어갈 수 있다. 더욱이 높은 에너지의 파동은 주변을 밝고 건강하게 바꾸어 굳이 자신이 뭔가를 애써 하지 않아도 될 일은 되는 것이 특징이다. 그리고 그 무엇보다 명상은 영적 주파수를 높일 수 있는 최고의 방법이다. 이는 다른 장에서 충분히 설명해 두었다.

빛으로 깜빡이는 '나'(양자의식)

'나는 깜빡이는 입자이자 파동으로 모든 곳에 동시에 있고, 의식을 가진 진동하는 에너지이다.' 명상으로 나의 내면세계에서 본 나의 모습이다. 나는 하나의 입자처럼 깜빡이며 날아다니기도 하고, 유영하듯 나뭇잎 사이를 드나들기도 하고, 개나리 꽃잎 사이에 있기도 했다.

나는 몸의 물질과 마음의 물질로 이루어져 매 순간 파동으로 생각 에너지를 내보낸다. 동시에 미세한 입자로 진동하는 에너지이다. 그리고 하나의 망(網)에 부분이면서 전체로 존재한다. 나는 가만히 있는 것 같지만 쉼 없이 생각 에너지로 온 우주에 영향을 주고, 사물들과 상호작용하며 이 세상을 창조하는 데 일조하고 있다. 왜냐면 나는 의식을 가진 에너지 덩어리로서, 고유의 주파수로 떨고 있는 진동자처럼 진동하는 에너지체이기 때문이다.

"정상온도에서 원자는 10^{15}Hz로 진동한다고 한다.(1초에 1,000조 번 깜빡인다) 그래서 우리 몸을 이루는 원자들도 그 속도로 깜빡인다고 할 수 있다. 그리고 물질 덩어리로서 우리 몸은 7Hz로 1초에 7회 진동한다. 즉 1초에 14번 깜빡인다고 할 수 있다. 이렇게 깜빡일 때 자신은 인식하지 못하지만, 무한 속도로 우리는 우주 속으로 확장했다가 다시 돌아오는 운동을 하고 있다."고 한다.[28] 이런 원리에 의하면 미세한 입자인 양자의식은 아주 짧은 찰나에 아주 먼 곳을 다녀올 수도 있다.

예를 들어, 나는 가만히 앉아 수행하는 명상 중에도 나의 의식은 히말라야에 다녀오기도 하고, 집 앞 숲속을 다녀오기도 했다. 나의 의식은 하나의 양자처럼 모든 곳에 존재할 수 있어 어느 순간엔 구름 위에서 눈 덮인 산을 내려다보기도 하고, 태양 위에 앉아 있기도 하고, 나뭇잎 사이를 날아다니기도 했다. 즉 몸은 앉아 있

---

28) 이차크 벤토프 지음, 류시화 외 옮김,《우주심과 정신물리학》, 정신세계사, 1987.

어도 의식은 양자처럼 몸을 들락거리며 어딘든 가 있다 왔다. 그리고 다녀온 곳의 모습이 명상 중에 영상으로 보였다. 이렇게 순간적으로 영상으로 보이기 때문에 나의 의식이 무한 속도로 우주까지 확장될 수 있다는 이차크 벤토프의 설명이 쉽게 이해되었다.

이처럼 우리의 의식은 한시도 내 몸 안에 가만히 있지 않고 들락거리며 어딘가에 가 있을 수 있다. 멍하니 있을 때도 우리 의식은 안드로메다은하에 가 있을 수 있다. 더욱이 "명상으로 높아진 의식에너지 상태와 같은 확장된 의식 상태는 우리가 그만큼 공간 속으로 확장된 것과 같다."[29] 이런 원리에 따르면 우리는 더 높은 차원의 의식체험도 가능하게 된다.

하이젠베르크의 불확정성 원리에 따르면 "특정한 물리량을 가진 양자들은 속도를 알면 위치를 알 수 없다. 즉 위치가 정해져 있지 않아 모든 곳에 중첩되어 확률적으로 존재한다."고 한다. 물론 가장 높은 확률로 존재할 구간은 있지만, 우주 저 끝에도 낮은 확률로 존재할 수 있다는 말과 같다. 이는 세상 만물에 편재하신 '신'처럼 양자들은 어디에나 중첩되어 존재하는 속성을 가진다.

---

29) 이차크 벤토프 지음, 류시화 외 옮김,《우주심과 정신물리학》, 정신세계사, 1987.

이런 속성을 가진 양자 상태의 의식은 그와 같이 모든 곳에 존재할 수 있다는 말이 된다.

그래서 예수께서 "저 강가의 돌멩이를 들어보라. 거기에 내가 있을 것이다."[30] 이 말씀은 예수님이 순수의식인 성령(미세한 양자의식)으로서 세상 만물에 존재하고 계심을 뜻한다. 이처럼 우리도 모든 곳에 존재하는 순수의식, 즉 성령과 같은 빛나는 마음(의식)을 내 안에 지니고 있다.

단지 이 몸과 생각을 나로 믿고 사는 작은 나(Ego)에 가려져 그 빛을 밖으로 내보내지 못하고 있다. 하지만 그 빛은 내 안에서 발견되기를 기다리며 묵묵히 지켜보고 있는 진정한 '나 자신'이다. 진정한 '나 자신(I am)'은 내면의 '빛나는 의식'으로 존재한다. 그런 '나'는 그 특성이 양자적 특성과 매우 닮아 있어 여기서는 양자 자아[31](Quantum SELF) 또는 '양자의식' 또는 '양자 마음'이라

---

30)《도마복음》77장.

31) 양자 자아(Quantum SELF): 노벨 물리학상을 수상한 로저 펜로즈(Roger Penrose)의 《마음의 그림자'(Shadows of the Mind)》에서 '양자 자아'가 언급되고 있다. 그는 뉴런에 있는 미세소관에 양자적 정보가 기록된다고 보았다. 이 양자적 정보도 사람이 죽으면 육체를 떠나서 우주와 서로 얽힘 상태에 있다고 한다. 반면에 이 책에서는 명상 시 의식의 활동이 양자적 특성을 띠고 있을 뿐만 아니라 나의 근원인 마음과 의식도 빛으로 양자화되

는 표현을 썼다.

나의 명상 중 체험에 따르면, 빛나는 의식(영)으로서의 '나'는 그 자체가 양자였다. 즉 깜빡이며 빛나는 양자 알갱이처럼 나의 의식은 명상 중에 몸 밖을 자유로이 드나들며 활동했고, 유체이탈 등으로 나의 의식이 몸 밖으로 나가 다양한 경험을 할 때도 양자 상태와 같았다. 그래서 나는 다차원(꿈, 전생, 사후생 등)에 있던 나의 의식도 양자적 특성으로 설명할 수 있었다.

이처럼 나는 깜빡이는 미립자로 의식을 지닌 양자였다. 내가 경험한 나의 '참 자아'의 모습도 깜빡이는 팅거벨 요정 같은 작은 입자가 비행하듯 나뭇잎 사이를 날아다니며 오직 바라보는 의식으로서 관찰자였다. 이때 관찰자적 시점으로 양자와 같이 내가 미세해진다는 말은 나의 진동 주파수가 그만큼 높아진다는 의미와 같다. 높은 진동에너지란 파장은 짧고 진동수는 빠른 상태를 말한다. 이런 빠른 진동에너지를 갖는 미세한 입자로 이루어진 세계가 고차원 세계이다. 당신도 의식 깊숙이 들어가면 만날 수 있는 세계이기도 하다.

어 있어 이런 체험을 중심으로 설명하고 있다.

빛 입자(양자의식)로서 나의 다차원 여행

나는 머리카락이 바람에 날리는 걸 느끼며 한참을 하늘 위를 날았다. 바다 한가운데 구름 위에서 아래를 내려다보니 지나는 배가 쌀알만큼 작게 보였다. 너무 높은 곳에 있다는 두려움을 느끼고 해변을 생각하자마자 나는 즉시 해변으로 와 있었다.

이처럼 우리가 하늘 위를 나는 것은 물질 몸을 가진 현실에서는 불가능한 일이다. 하지만 양자 상태의 나, 즉 에너지체와 영체로서의 나는 시간과 공간을 초월해 어디든 갈 수 있다. 위의 이야기는 나의 실제 체험으로 유체이탈(out of body)로 한 체험이다.

양자(quantum) 수준으로 미세해진 의식으로 '나'는 하늘을 날 수도 있고, 벽을 통과할 수도 있고, 다른 차원으로 갈 수도 있고, 과거로의 시간여행도 가능하다. 물질 몸이 나의 전부가 아니라는 사실을 알게 되면, '나 자신'은 몸의 내면에 의식을 가진 입자인 동시에 파동으로, 빛나는 의식으로 있다. 물질 몸으로부터 분리돼 빛 입자 상태가 된 '나'는 양자처럼 에너지량을 가지고 생멸하며 깜빡이는 빛 알갱이로 중첩되어 모든 곳에 존재했다. 이 존재를 순수의식으로 미세해진 '양자의식' 또는 '양자 마음'이라 한다.

내가 의식을 가진 에너지체로 처음 내 몸으로부터 분리되어 나갈 때 그 진동에너지가 얼마나 컸던지, 마치 반짝이는 팅커벨 같은 미세한 존재가 초고속 제트 엔진을 달고 날아다니는 것처럼, 나는 방안의 이쪽저쪽 면을 부딪치면서 엄청난 속도로 한참을 날아다녔다. 물론 여기서 방이란 현실의 3차원 공간의 방이 아니다. 내가 유체이탈로 나의 물질 몸을 빠져나가서 경험하는 공간은 시공의 4차원이 아닌 5차원 공간이다. 5차원의 방도 현실의 방과 쌍둥이처럼 같은 공간에 있다. 이때 그 방이 현실의 방과 정확히 일치할 때도 있고, '내 방이구나' 하며 인지만 가능할 때도 있다. 그때는 유체이탈 초기여서 내 방이라는 인지만 있는 정도였고, 한참을 날아 발이 벽에 닿으면 튕기듯 다른 쪽을 향해 날아다녔던 것 같다.

입자는 미세해질수록 진동에너지가 커진다. 이 때문에 양자 수준으로 작아진 '나'의 진동에너지가 상상 이상으로 컸던 것 같다. 무엇이든 첫 경험은 강렬하다. 나의 첫 유체이탈도 엄청난 진동에너지로 몸 밖으로 나와 조절이 불가능한 상태였던 것 같다. 그리고 이때 이미 나는 명상으로 의식에너지 상태가 최고조로 높아진 상태에서 나의 영체(양자 수준)가 낮은 진동에너지를 가진 덩어리 몸(육체) 밖으로 나가자 그 차이를 더욱 크게 느꼈던 것 같다. 이런 일은 몇 달간 반복되다 이후 점차 안정화되었다.

어느 날 내가 창문을 통과해 집 밖으로 나가 바람을 가르며 하늘을 날다가 아래를 내려다보았다. 망망대해 아래로는 구름이 있고, 까마득히 먼 곳에 큰 화물선이 쌀알 크기로 보였다. 두려움이 느껴지자 한순간에 해안가로 왔다. 그리고 그곳에서 놀고 있는 이들에게 '나는 지금 소파에 누워 자고 있지만, 이곳에 와 있는 거예요.' 물론 아무도 대꾸해 주지 않았다. 우리는 서로 다른 차원에 있었기 때문이다. 아마도 그들은 투명인간 같은 나를 볼 수 없었을 것이다. 그때의 나는 물질 몸의 상태가 아니었기 때문이다. 그리고 얼마 후 나는 내 몸으로 돌아와서 눈을 떴다.

이처럼 유체이탈 체험은 나의 영체가 몸 밖으로 나가서 하는 체험이다. 이것을 체험해 보면 나의 몸이 나의 전부가 아니라는 것을 직접적으로 알게 된다. 이렇게 우리 육체 안에는 에너지체, 아스트랄체(감정체), 생각체(멘탈체)와 같은 미세한 몸(영체)을 가지고 있어, 육체가 없어도 우리는 다양한 차원에서 자유로이 활동할 수 있다.

그래서 육체가 아닌 영체로도 생생하게 느끼고 감정도 그대로 있다. 예를 들어 하늘을 날 때나 다른 차원으로 이동할 때와 같이 공간을 가르며 이동할 때 세찬 바람이 몸과 얼굴에 스치는 느낌까지 생생하다. 한편 너무 높은 곳에서 날 때는 두려움을 느끼기도 했다. 이렇게 미세한 몸으로 다른 차원을 체험할 때는 그 차원에 있는 다른 존재들(예를 들어 상위자아, 수호천사 등 다양한 이름으로 불린다)들과도 종종 만난다. 그들은 내 눈에 보이지는 않지만, 옆에 있다는 것을 소리나 느낌으로 알 수 있다. 그들에게 도움을 요청하면 손을 잡아주는 등 도움을 주기도 했다. 이런 체험은 사람마다 매우 다르다.

일본계 미국인 물리학자인 미치오 카쿠(Michio Kaku)는《초공간》에서 "양자역학에 의하면 밤에 침대에서 편안히 잠들었다가 다음 날 아침 아마존 정글에서 깨어날 수 있다. 물론 확률은 엄청나게 작으나, 분명히 0은 아니다."라고 했다.

이런 일이 일어나는 것을 우리가 상상할 수 없는 것은 우리의 물질 몸을 '나'라 생각하고, 육체가 가진 한계상황에서 양자적 현상을 이해하려고 하니 이해가 어려운 것이다. 우리가 빛나는 의식으로 양자 상태에 놓이면 시공을 초월해 모든 곳에 존재할 가능성은 매우 커진다. 우리의 의식(생각)은 미세한 물질이다. 왜냐면 의식(생각)도 진동수를 갖는 에너지이기 때문이다. 그리고 생각과 감정은 말하지 않아도 파동으로 전달된다. 이처럼 의식과 마음(생각, 감정)도 미세한 물질로서 양자적 특성으로 즉시 전달된다.

우리의 육체도 쪼개고 쪼개서 들어가다 보면 가장 작은 단위의 미세한 물질로 이루어져 입자성과 파동성을 동시에 갖는다. 그러기 때문에 현실세계인 이곳에도 안드로메다은하의 어느 작은 행성에도 비국소적으로 존재할 수 있다. 확률이 낮을 뿐이지 불가능한 일은 아니다. 이것이 양자들의 존재 방식이고, 우리 또한 양자들의 덩어리이기 때문이다.

덩어리 몸이 문제이다. 입자들이 모여 하나의 덩어리가 되면 진동에너지가 낮아진다. 당연히 행동뿐 아니라 인식 범위가 제한될 수밖에 없다. 육체라는 한계 속에 있으면 보고 알 수 있는 범위도 좁을 수밖에 없다. 손가락으로 창호지 문에 구멍을 뚫어 밖을 내다보며 그것이 전부인 듯 그것만을 고집하는 마음만 버리면 된다. 우리는 우리가 아는 것 이상으로 자유롭고 무한한 가능성으로 존재한다.

즉 알갱이인 양자로서의 나, '양자의식'은 양자들이 하는 모든 행동방식으로 존재할 수 있다. 손오공처럼 여럿이 될 수도 있고, 시공을 초월해서 어디에나 중첩되어 동시에 존재할 수 있고, 이곳에 있는 나와 다른 평행우주의 내가 서로 얽혀 있어 정보가 동시에 전달될 수 있다. '양자 도약(quantum jump)'처럼 우리도 불연속적으로 한 차원에서 다른 차원으로 또는 다른 장소로 순간이동할 수 있다. 이처럼 양자 세계에서는 시간도 공간도 모두 양자화되어 모든 것이 동시에 가능성으로 존재한다. 그리고 우리 역시 같은 방식으로 존재한다. 단지 인식하지 못할 뿐이다.

과거생 체험을 예로 들면 과거생의 나의 모습이 VR기기를 끼고 보는 것처럼 생생하게 보였다. 현재의 나와 성별도 다르고 모습도 다르고 시대도 다르지만 본 즉시 나임을 알아보았다. 나는 하나의 빛 입자처럼 그분(과거생의 나)에게 다가가고 싶다는 마음을 갖자 즉시 그분 가까이 다가갈 수 있었다. 나는 빙 둘러보듯 살펴보았다. 그분은 삼중관을 쓰시고 대성당 대리석 기둥들 사이의 복도에 서 계셨다. 나는 마치 내 컴퓨터 파일에 접속해 과거 영상 속에 들어와 있는 듯 그렇게 나의 과거생 속에 내가 있었고, 나는 양자의식으로 보고 있었다.

그렇게 나의 과거와 현재, 미래까지도 모두 동시에 하나의 장(場, field)에 정보로 저장되어 있던 것이다. 이것은 과거생이 있느냐 없느냐의 논쟁이 아니다. 양자 세계의 다차원을 말하는 것이다.

평행우주에 존재하는 다른 차원의 나를 본 경험이라고 하면 어떨까? 우리는 다차원의 존재로 여러 의식층에 중첩되어 동시에 활동하고 있다고 한다. 우리의 의식이 다차원에도 중첩되어 양자 상태에 있다는 것이다. 이는 미국의 양자물리학자 휴 에버렛(Hugh Everett)이 내놓은 가설인 '다세계 해석'과 연관이 깊다. 즉 모든 상황이 중첩되어 있다가 측정하면 분기하여(나뉘어 갈라져) 한 가지 상황만 인식할 수 있고, 동시에 모든 다른 가능성이 중첩 상태로 존재한다는 가설이다. 즉 우주는 여러 가능성 중 한 가지를 관측하면 다른 많은 가능성은 갈라진 현실들로 존재한다는 것이다. 따라서 조금씩 다른 무한히 많은 '평행우주'가 존재한다고 한다.

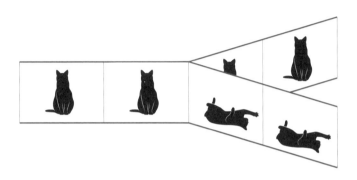

〈그림 8〉 휴 에버렛의 다세계 해석에 따르면 슈뢰딩거의 고양이는 살아 있는 세계와 죽어 있는 세계가 분기해 다른 평행우주에 공존한다.

　미치오 카쿠는 "기존 4차원 공간에 공간 차원 하나를 추가하면 중력과 전자기력(빛)은 놀라울 정도로 간단하게 통일된다고 한다. 또 칼루자-클라인은 빛을 5번째 차원이 진동하면서 나타난 결과이다."라고 설명했다. 이는 시간을 4번째 차원으로 간주한 아인슈타인과 같은 설명이다. 그래서 빛이 빈 공간을 통과하는 것은 진공 자체가 흔들리기 때문이라고 했다.

　그러므로 진공은 4차원에 '여분의 차원(extra dimension)'이 하나 더 있어 5차원이라는 것이다. 이렇게 물리학자들은 기존의 4차원 시공간에 공간 차원 하나를 추가하면 중력과 빛은 놀라울 정도로 간단히 통일된다고 한다. 이 이론은 그 후 초끈이론을 통해 여분의 차원은 하나가 아니라 6개나 되어 10차원이 됐다. (보이지 않는 6개의 차원이 숨어 있어 이것을 더해 우리의 시공간이 10차원이라는 것이다.) M이론에서는 하나의 막(membrane)이 더 추가되어서 11차원으로 진화하였다. 이런 우주의 차원이 10차원이든 11차원이든 모든 입자를 초공간에서 일어나는 일차원 끈의 진동으로 설명하면 복잡한 상황이 깔끔하게 정리된다는 것이었다.[32] 또 우주는 11차원도 모자라 다중우주로 연결되어 있다고 한다. 그러니까 우리가 살고 있는 빈 공간은 비어 있지 않고 입자로 가득 차 있다. 그리고 빈 공간은 마치 어부의 그물망처럼 짜여 있고, 그 그물망들의 그물코마다 물질 입자들이 빛나고 있다. 이는 우주 공간이 거대한 씨실과 날실의 입체 모양으로 직조된 장으로 펄럭이며 진동한다고 보면 될 것 같다. 그리고 그 공간을 이루고 있는 입자들의 진동수에 따라 차원이 나누어지는데 이 역시 뚜렷한 경계 없이 중첩되어 확률로 존재한다고 한다.

---

32) 미치오 카쿠 지음, 박병철 옮김,《초공간》, 김영사, 2018, p.30-43.

웜홀: 시공을 넘나들다

　이렇게 짜인 공간 직물에 구멍이 나서 장과 장이 연결되면 이를 '웜홀(wormhole)'이라 부르는데, 이를 통해 시공을 넘나들어 다른 차원으로 또는 다른 시공간으로 갈 수 있다고 한다. 이렇게 보이지 않는 우리의 시공인 공간 직물에 틈이 생겨 만들어진 구멍(hole)을 본 경험을 소개해 보겠다.

　내가 사는 집 주변에 좋아하는 산책길이 있다. 길 양쪽으로는 나무들이 길게 늘어서 있어 나는 평소에도 그곳의 나무들과 대화를 나누며 교감하곤 했다. 헬스장에서 운동을 마치고 집으로 걸어가던 중 산책길에 들어섰을 때의 일이다.

양미간에 묵직한 압박감이 오고, 몸은 가볍게 떠 있는 듯 어지러운 느낌이 들었다. 명상 시 깊은 몰입에 든 상태의 느낌과 비슷했다. 길바닥을 보며 걷는데 바닥 위가 마치 투명한 물결이 출렁이듯 흔들거렸다. 동시에 주변으로는 투명하고 영롱한 빛이 반짝이며 빛나고 있었다. '이건 뭐지?' 하며 자세히 살펴보니 역시 같은 현상이 계속 나타났다. 머리를 들어 옆을 보았다. 옆에 팔 길이보다 조금 넓은 투명한 원이 보였다. 그런데 원 주변의 둥근 테두리가 투명하게 반짝이는 빛을 내고 있었다. 산책길을 지나 아파트 벽면 사이를 통과할 때도 그 빛과 둥근 테두리는 계속 나를 따라온 듯 내 옆에 있었다. 그리고 투명하게 출렁이는 막과 같은 빛이 벽에 반사되어 비추었다.

이런 현상은 명상 중에 내 머리 주변을 감싸던 빛과 같았다. 그 빛이 마치 다른 차원으로 가는 관문 같다는 생각을 하며 신비한 현상을 한참 동안 지켜보았다. 혹시 내가 그 빛나는 둥근 테두리 안으로 들어가면 다른 차원과도 연결되어 있을 것 같다는 생각이 들었다. 안으로 들어가 보고 싶었지만, 내가 그 빛의 통로로 가까이 다가가면 그 빛은 나와 어느 정도 거리를 둔 채 빛나고 있었다. 그 빛은 출렁이는 거울 같기도 하고, 투명한 물결 같기도 했다. 어쩌면 시공에 뚫린 웜홀 같은 것은 아닐까 하는 생각이 들었다.

수행자 중 나와 비슷한 경험을 한 사람이 또 있었다. 그녀의 경험은 나보다 훨씬 더 생생했다. 어느 날 그녀가 방안에서 방바닥을 바라보는데 뭔가 일렁이더니 방바닥에 틈이 열린 듯했고, 그 사이로 갑자기 둥근 영상이 떴다고 한다. 그 영상 속에는 개미들이 줄지어 지나가는 모습이 보였고, 주변에 수풀이 있었고, 한참 후에는 없어졌다고 말했다. 수행처 룸메이트였던 그녀는 그날의 사건을 신비한 경험이라고 말하며 놀라워했다.

그녀도 시공의 틈 사이에 생긴 구멍을 통해 잠시 다른 차원을 들여다본 것이다. 그런데 우리와 다른 차원에도 개미가 있고 지구 환경과 같은 모습이었다는 것에 의문이 들 것이다. 우리의 바로 위 차원은 지구 환경과 같은 2차원 형상의 세계이다. 2차원 형상의 세계는 물질세계가 아닌 우리 의식이 만들어내 펼쳐진 차원이다. TV나 영화의 영상 속에서 마치 내가 주인공이 되어 경험하는 세계라고 보면 이해가 쉬울 것이다. 즉 우리 의식이 투사되어 만들어진 세계이다.

반면에 내가 체험한 세계는 그녀가 체험한 다른 차원과는 약간 달랐다. 시공의 틈으로 생긴 둥근 빛의 통로 안에 형상은 없었다. 대신에 빛이 물결처럼 출렁이듯 투명한 필름 한 겹이 흔들거리는

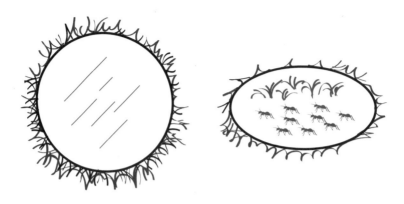

〈그림 9〉 웜홀: 시공의 공간 직물에 틈이 생겨 만들어진 구멍(hole). 이 구멍을 통해 내면세계
(다차원)를 잠시 들여다볼 수 있다.

모습이었다.

그러면 우리는 SF영화에서처럼 '웜홀'이라 불리는 시공의 통로
를 통해 다른 차원으로 갈 수 있을까? 양자역학으로 본 확률은 0
이 아니다. 물론 다른 차원, 특히 고차원은 단단한 물질로 된 우리
의 육체로는 갈 수가 없다. 그러나 우리는 의식으로 그 틈으로 쉼
없이 들락거리고 있다. 단지 우리가 인식하지 못하고 있을 뿐이
다(명상이나 유체이탈 등으로 다녀온 경험은 이미 소개해 두었다).

4차원보다 높은 5차원 이상은 지구보다 더 높은 진동에너지
를 갖는 물질로 이루어져 있다. 그리고 고차원은 밀도가 낮아 물

질로 된 단단한 형체를 구성할 수 없을 뿐 아니라 우리 몸과 같이 미립자가 아닌 덩어리진 물체는 진동수가 낮아 높은 차원에서는 존재할 수 없다. 그러나 의식이 매우 높아진 진동에너지 상태라면 그 주파수에 맞게 어느 차원이든 존재할 수 있다. 사후세계가 몸을 벗어난 의식으로 개개인의 진동수에 맞는 차원에서 거주하게 되는 것이 이와 같은 원리 때문이다.

물질명상 중에 본 실재 공간 모습

물질명상 중 텅 빈 공간에 반짝이는 입자들로 가득 찬 내면 공간을 보며 그날 수행 주제를 위해 몰입해 들어갔다. 그런데 몰입이 깊어지자 모래알처럼 퍼져 있던 입자들이 바둑판 모양으로 배열되고 빛으로 된 선들이 입자들 사이를 잇고 있는 모습으로 바뀌었다. 그리고 선들이 교차하는 지점에서 빛 알갱이들이 반짝이며 생멸하고 있었다. 놀라운 광경이었다.

그날 명상이 끝나고 스님과의 인터뷰 시간에 '물질 입자들이 갑자기 바둑판 모양으로 배열되는데요!' 하며 여쭈었다. 신기한 광경에 흥분된 나의 어조와 달리, 스님은 '신경 쓰지 마세요!' 하며 담담하게 대답하셨다. '아! 네…' 집중명상 때는 그날 주어진 명상주제에만 의식을 집중하고 그 외의 것은 봤어도 무시하는 것이 원칙이었다.

집중수행 중에 경험한 것을 4년 뒤에 알고 보니, 공간에 빛으로 된 선들은 '페러데이 선'이라 불리며, 공간에 무수히 많은 선 다발로 채워져 물체들을 연결하고 힘을 나르는 '역선(lines of force)'이었다. 역선들은 전기력과 자기력을 한 물체에서 다른 물체로 전달한다. 그리고 그때 내가 본 것은 양자화된 공간의 모습이었다. 우리의 공간은 아주 작은 단위(플랑크 길이)로 나뉘어 잘 짜인 직물처럼 바둑판 모양으로 씨실과 날실이 교차하듯 짜여 있었다. 이 선들은 밝은 빛의 레이저 광선처럼 시공에 바둑판 무늬로 배열되어 있었다. 그리고 선과 선이 만나는 곳에서 양자들이 깜빡이고 있었다.

더욱 놀라운 것은 이 책을 쓰려고 많은 양자역학 서적을 읽다 보니 내가 본 시공의 모습을 카를로 로벨리가 정확하게 설명하고 있어서 정말 반가웠다. "그렇다면 '장(場, field)'이란 무엇일까요? 패러데이는 아주 가는 (무한히 가는) 선들의 다발이 공간을 채우고 있다고 상상합니다. 우리 주위의 모든 것을 채우고 있는 보이지 않는 거대한 거미줄인 셈이죠. 그는 이 선들을 '역선(lines of force)'이라고 불렀습니다. 이 선들이 어떤 식으로 '힘을 나르기' 때문이죠. 마치 밀고 당기는 케이블처럼, 역선들은 전기력과 자기력을 한 물체에서 다른 물체로 전달합니다."[33)]

패러데이가 상상한 것처럼 내가 본 공간도 빛으로 거미줄처럼 직조된 공간 직물로서 '장' 그 자체였다. 그리고 그 장은 미세한 바둑판 모양으로 공간을 나누고 있었다. 이런 공간의 모습은 오늘날 '장'으로 불리는 양자화된 공간의 모습이었다. 또 내가 명상 수행 중에 본 공간은 '격자 이론'으로도 잘 설명되어 있었다.

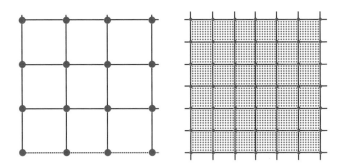

〈그림 10〉 공간의 격자 이론의 격자 모형(왼쪽)과 내가 본 실재 공간 모습(오른쪽). 선들은 공간을 짜고 있는 실과 같은 역선(lines of force)이다. 이때 선과 선이 만나는 점을 노드(node)라 부르고, 노드 사이를 잇는 선을 링크(link)라 부른다.

---

33) 카를로 로벨리 지음, 김정훈 옮김, 《보이는 세상은 실재가 아니다》, 쌤앤파커스, 2018, p.59.

'격자 이론'에 따르면 양자들은 공간 속을 움직이는 양자가 아니라 공간 자체가 양자화된 양자 공간이다. 이 그래프들은 공간 속의 입체들의 움직임이 아니라 공간 그 자체의 도면을 나타낸 것이다.[34]

내가 명상수행 중에 본 초공간을 더 자세히 설명해보면, 격자무늬로 정교하게 짜인 역선들이 층층이 펼쳐져 보였고, 밑으로 내려갈수록 격자의 크기가 미세해져 마지막에는 격자의 역선이 사라지면서 텅 빈 공간에 미세한 점들로 가득한 '장'이 하나 나타났다. 그리고 점과 같은 미세한 구멍(hole)은 역선과 역선이 만나는 곳과 정확히 일치했고, 그곳에는 그 수만큼이나 수많은 점들이 하나의 '장'으로 펼쳐졌다.

더욱더 놀라운 것은 해가 거듭되고 수행이 진행될수록 이 점과 같은 작은 구멍(hole)들이 블랙홀과 많이 닮았다는 생각이 들었다. 이런 나의 생각이 과학자의 시선으로는 허무맹랑해 보일 것이다. 그래서 명상 중에 본 내면의 모습과 블랙홀의 닮은 점을 호킹 박사의 이론에서 좀더 근거를 찾아보겠다.

---

34) 카를로 로벨리 지음, 김정훈 옮김, 《보이는 세상은 실재가 아니다》, 쌤앤 파커스, 2018, p190.

"호킹은 무한히 많은 평행우주들이 웜홀을 통해 연결되어 있다고 가정하였다. 그리고 웜홀은 우리 우주의 수십억×수십억 개의 다른 평행우주들과 연결되어 있지만, 웜홀의 크기가 플랑크 길이만큼 작다고 하였다."[35)]

사실 블랙홀 하면 영화에서 흔히 본 항성질량 블랙홀(stellar-mass black hole)이 있다. 이 블랙홀은 질량이 큰 태양과 같은 항성이 일생의 마지막에 중력이 붕괴되어 탄생하면서 주변의 모든 것을 빨아들이고 한번 들어간 물질은 다시는 밖으로 나올 수 없다는, 우리가 주로 알고 있는 블랙홀이다. 또 우리 은하의 중심에 위치한 초대질량 블랙홀(supermassive black hole)은 질량이 태양보다 수십만에서 수십억 배인 거대한 블랙홀이라 추측하고 있다. 그리고 여기서 말하는 블랙홀은 원시 블랙홀(primordial black hole)이며 블랙홀 중 크기가 가장 작다. 그 크기는 플랑크 길이만큼 작다고 한다.

그럼 명상수행 중에 자주 하는 체험을 설명해보겠다. 깊은 몰입 단계인 선정삼매(禪定三昧) 중 사선정(四禪定)에 들어가면 내면 공

---

35) 미치오 카쿠 지음, 박병철 옮김, 《초공간》, 김영사, 2018, p.420.

간이 무한히 확장되면서 헤아릴 수 없을 만큼 수많은 물질 알갱이들이 반짝거리는 밤하늘과 같은 스테이지로 들어간다. 그리고 조금 더 깊은 몰입상태를 유지하면 역선(lines of force)들이 내면 공간에 바둑판 모양으로 규칙적으로 배열된다. 이는 빛으로 짜인 정교한 빛 그물망으로, 수평으로 펼쳐져 빛나거나 사선으로 펼쳐진 모습을 띠며 허공을 드리우고 있다.

더 깊은 몰입에 들어가면 점처럼 작은 구멍들로 된 '장'이 보이는 스테이지로 들어간다. 그 점은 바늘구멍 크기만 하다. 점(구멍)에 집중하면 그 구멍에서 빛이 빔(beam)처럼 쏟아져 나온다. 이 구멍에서 나오는 빛이 내 눈과 직각으로 마주치면 눈이 부셔 시선을 돌려야 할 정도로 강렬한 빔이었다. 그러나 나는 이 구멍에서 나오는 빛의 각도가 비스듬해 관찰하기 좋을 때는 구멍 앞뒤로 빛이 발사돼 나오는 모습을 볼 수 있었다. 이는 마치 호킹 복

〈그림 11〉 하나의 점과 같은 작은 구멍에서 나오는 빛줄기(beam). 이 모습은 블랙홀이 내는 호킹복사에너지가 앞뒤로 나오는 것과 같다.

사열이 블랙홀에서 나오는 모습과 흡사했다. 그리고 그 작은 구멍 주변으로 작은 나선은하가 회전하며 돌 듯이 소용돌이 물결을 이루며 아주 빠르게 돌고 있는 스테이지에 머물렀다.

또 다른 체험으로는 아침 명상 때 눈을 감자 격자무늬 역선(lines of force)들이 마치 눈앞에 레이저 빛으로 만들어 놓은 그물처럼 펼쳐졌고, 내 시선이 머무른 정중앙에 구멍이 점점 확장되어 커지더니 역선들이 그 주변으로 빨려 들어가 안쪽까지 보게 되는 체험을 명상 중에 자주하게 되었다. 이처럼 하나의 장에 구멍이 나 그 사이로 맞은 편 장의 모습이 보였다. 마치 웜홀이 뚫려 맞은편 하늘이 보인 것 같았다. 구멍 맞은 편은 밝고 푸른 하늘에 별과 같은 입자들이 깜빡였다. 이것이 블랙홀의 사건의 지평선에 진입하면 시공간의 반대편에 있다는 '거울우주'인가 하는 생각을 했다. 지구와 대칭성을 갖는 똑같은 차원이 하나 더 있다는 것이 거울우주이다.

"호킹 박사는 플랑크 길이만큼 작은 블랙홀을 우리가 통과하는 것은 어불성설이다."[36]라고 했지만, 우리 의식은 시공의 직물의

---

36) 미치오 카쿠 지음, 박병철 옮김, 《초공간》, 김영사, 2018, p.420.

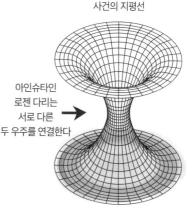

아인슈타인
로젠 다리는
서로 다른
두 우주를 연결한다

〈그림 12〉 양자장의 구멍이 점점 커져 안쪽으로 빨려 들어간 모습. 맞은 편은 푸른 하늘에 별들이 가득한 모습이었다.

〈그림 13〉 우주의 시간과 공간의 장에 구멍이 나 서로 다른 두 우주(차원)가 연결된 모습.

틈인 열린 구멍을 통해서 다른 차원으로 들어갈 수 있다. 나는 명상 중에 더 깊고 더 고요한 미세한 차원으로 줌인해서 들어가 머무는 체험을 한다. 들어갈 때마다 스테이지가 바뀌고 우주 공간으로 더 깊이 들어간 듯 공간도 확장된다.

다시 말해 이 점같이 작은 구멍들은 플랑크 길이만큼 작지만, 의식으로서 '양자적 나'(양자 자아) 역시 그만큼 작아 그 너머의 차원 여행이 가능하다. 놀랍게도 나의 의식은 호킹 박사가 말하는 웜홀을 통해 다른 차원으로 가는 여행을 하고 있었다. 이렇게 웜홀로 연결된 다차원의 세계를 호킹 박사는 다중우주라 했다. 명상 중이 아니어도 우리의 의식은 미세한 웜홀을 통해 다른 차원을 넘나들 수 있다. 한순간도 그러지 않을 때가 없다.(이는 다른 챕터에서 충분히 설명해 두었다.)

내가 본 내면세계의 양자장의 움직임을 좀 더 설명해보겠다. 체험할 때마다 조금씩 다르지만 어떨 땐 격자 모양의 그물망 두 장(場, field)이 직각으로 만나는 곳에서 '장'이 빨려 들어가기도 하고 두 장 사이로 새로운 '장'들이 나오기도 한다. 그런데 놀라운 것은 나의 의식이 양자장을 조절할 수 있다는 것이다. 아무 생각 없이 보면 둘 중 하나의 상태로 확장되어 나오거나 들어가는데, 나의 의식(마음)이 두 장 사이에서 '장'이 생성되어 나오는 것을 보고 싶어 하면 '장'이 확장되어 나오고, 반대로 빨려 들어가길 원하면 그렇게 된다. 나의 마음(생각)에 따라 '장'은 움직였다. 이는 우리의 마음이 양자장을 조절할 수 있다는 이야기와 같다. 우리의 마음이 창조자가 되어 우리의 환경을 바꾼다는 근거가 될 수 있는 체험이었다.

이처럼 우리의 마음(생각과 의도)은 내면의 양자장을 움직일 만큼 강한 힘을 가졌다. 마음이 집중되는 곳으로 에너지 또한 집중되고 양자장을 변화시킬 뿐만 아니라, 블랙홀이라 불리든 웜홀이라 불리든 작은 틈을 통해 그 사이로 마음(생각)은 자유로이 드나들며 자신의 세상을 창조한다. 만일 현실에서 원하는 것이 있으면 그곳에 마음을 집중시켜 보라. 이것이 현실창조의 과학적 원리이다.

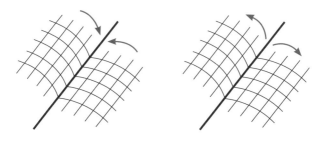

〈그림 14〉 두 장이 직각으로 교차하듯 만나는 곳에서 '장'이 빨려 들어가거나 생성되어 나오는 모습이다.
우주 직물은 입체적이다. 그러나 의식이 집중된 곳만 자세히 보이기 때문에 마치 2차원처럼 보인다.

　양자역학에 의하면 우리는 입자로 이루어진 단단한 세상에 사는 것이 아니다. 파동으로 된 '장' 그 자체인 세계에 살고 있다고 한다. 이 세상 모든 것은 양자로 된 '장'(그물망)의 출렁임(파동)임을 말해 준다. 그러나 이와 같은 내면의 양자장은 바닷물이 출렁이듯 출렁이는 모습으로만 있지 않는다. 그보다는 고요하고 청정하게 허공을 채우고 그 안의 무수한 미세한 입자들의 떨림(에너지 파동)으로 에너지를 주고받고 있다. 오직 그 '장'을 움직이고 변화시킬 수 있는 것은 우리의 마음(의지)이다. 마음(의식)이 집중되는 곳의 한 점을 중심으로 '장'은 소용돌이 돌 듯 원을 그리며 돌고, 안으로 말려 들어가 둥근 홀(hole)을 만들고, 그 안으로 확장되어 들어가 다른 '장'에 연결된 모습이었다.(그림 12, 13)

이는 우리가 보는 세상과는 너무나 다르다. 깊이 생각하면 머리가 어지럽다. 모든 것이 출렁이는 '장'이란다. 입자도 양자장의 입자이고, 공간도 '장'이고, 시간도 '장'이고 그리고 그 '장'들은 모두 양자화되어 있다. 최소 단위로 쪼개어져 있다는 뜻이다. 이처럼 세상은 큰 파동으로 하나로 연결되어 있다. 상상력을 총동원해 봐야 할 것 같다.

우리도 중첩되어 있다

우리는 서로 중첩되어 어디에나 있다.

나는 주말에 대중교통으로 북한산에 자주 가는데 오는 길에 지하철 앞좌석 승객들의 머리 뒤 후광을 지켜보며 시간을 보낼 때가 있다. 모두 스마트폰을 보고 있어 마음 놓고 조용히 지켜보면 머리 뒤로 하얀빛들이 퍼져 나와 빛에 싸여 있는 모습이 인상적이었다(그림 15-1).

그러던 어느 날 이번에는 사람들은 어떤 모습으로 있나 궁금하여 '내면의 눈'으로 집중해 들여다봤다. 내 앞좌석에 나란히 앉아

〈그림 15-1〉 모두 자신의 빛을 내며 앉아 있는 사람들. 이것이 우리들의 모습이다.

있는 사람들의 모습은 참으로 놀라웠다. 사람들이 각자 둘로 나뉘어 서로 겹쳐진 상태로 사라졌다가 나타났다를 반복하고 있었다. 이는 마치 원들이 서로 겹쳐져 공유결합하는 모습 같았다. 두 개의 돌멩이를 호수에 던지면 두 개의 파동이 동심원을 그리며 서로 겹쳐져 간섭무늬를 그리고 퍼져 나가듯이 사람들의 모습 또한 서로서로 겹쳐져 (중첩되어) 있었다. 그리고 그들 사이의 경계가 없어져 서로 각각 또한 함께 깜빡이듯 생멸하고 있었다.

이 놀라운 현상을 나는 조용히 지켜보며 앉아 있었다. 그들은 서로서로 겹쳐져서 한 덩어리처럼 움직였다. 하나이면서 또 각자 리듬(주파수)에 맞게 깜빡이는 전자처럼 그렇게 생겨났다 사라짐을 반복하고 있었다. 그런 모습을 통해 나의 모습 또한 알 수 있었다. 지하철 안에서 나는 내 자리에 앉아 있는 듯하나 바로 옆좌석에도 있고, 끝 좌석에도 있고, 지하철 안의 어디에나 있었다. 앞 좌석에 앉아 있던 사람들이 나에게 보여준 우리의 모습이었다.

내 앞쪽에 앉아 있는 사람들의 모습은 마치 물결의 파동처럼 옆으로 또 옆으로 퍼져 나가 생멸하면서 그들은 바로 옆자리에도 있었고, 의자 맨 끝자리에도 있었다. 그들은 이미 경계 없이 서로 중첩되어 연결된 하나의 리듬으로 움직이는 하나의 운동(movement)이었다.

〈그림 15-2〉 서로 중첩되어 하나로 움직이는 앞좌석 사람들의 모습과 호수의 파동이 퍼져 나가며 그리는 간섭무늬.

그날의 체험은 사실 나에게 새로운 현상은 아니었다. 나는 호숫가에서 바라보던 나무도 서로 중첩되어 전자처럼 생멸하는 것을 보았고, 이는 나 자신을 포함해 모든 사물이 같은 현상을 보이고 있기 때문이다.

그러나 그날 앞좌석 사람들이 서로 중첩되어 옆으로 또 옆으로 물결처럼 퍼져 나가며 찰나적으로 생멸하는 모습은, 독립된 개체로 사는 우리가 사실은 '하나임'(Oneness)을 눈으로 확인한 것이어서 그 의미가 컸다. 그들은 서로서로 겹쳐져 개인의 경계가 없어진 하나의 물결이었다. 각자 이렇게 다른 우리가 어떻게 '하나'인가에 대한 의문이 풀리는 날이었다.

물질명상 중에 본 물질의 생성과 양자역학의 닮은 점

우리의 시공인 양자장은 입체의 그물망으로 잘 짜인 공간 직물과 같다. 이 양자장의 그물망은 힘을 나르는 역선(lines of force)으로 짜여 있고, 역선이 교차하는 그물코마다 양자들이 깜빡이고 있는데, 다른 의미로는 진동한다는 뜻이다. 내가 본 양자들은 그물코로 깜빡이며 옮겨가고 생성과 소멸을 반복하고 있는 모습으로 나타났다.

이것이 물질명상 중에 고요하게 느껴지는 텅 빈 공간의 분주한 내면 모습이다. 이는 불교 경전 중 반야심경에 나오는 '공즉시색(空卽是色)'의 양자물리학적 설명이 된다. 즉 텅 비어 있음은 결코 텅 비어 있지 않고 물질로 가득 차서 요동치고 있었다. 그 모습은 무수히 많은 물질이 깜빡이는 밤하늘 같기도 하고, 영상 서비스가 되지 않는 옛날 브라운관 TV 채널에 색 입자(pixel)만이 찌글거리는 모습과도 흡사하다. 우리가 텅 비어 있다고 생각하는, 그 비어 보이는 공간은 사실 물질로 가득 차 있고, 그 물질들이 생성과 소멸을 반복하며 반짝이고 있다고 보면 된다.

내가 수행처에서 물질명상 중에 보았던 온도에서 생긴 물질, 음식에서 생긴 물질 등 입자들의 생성과 소멸은 물리학자 리처드 파인만이 도입한 '파인만 다이어그램'의 입자들의 상호작용과 놀랍도록 비슷했다. 그것은 두 입자가 상호작용하며 광자를 주고받고 다시 새로운 물질을 만드는 모습이다. 즉, 전자가 광자를 주고받으며 다시 새로운 전자로 방출되는 과정을 파인만 다이어그램으로 그리면 〈그림 16〉과 같다.

이처럼 입자들은 자유로이 광자를 주고받으며 새로운 입자로 생성되거나 소멸하는 모습을 띤다. 또 입자가 두 입자로 쪼개져 다시 다른 입자와 재결합해 수렴되기도 한다. 이처럼 물질들은 수없이 많은 다양한 경로로 상호작용한다.

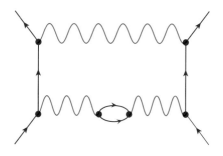

〈그림 16〉 파인만 다이어그램(파인만 도형, Feynman diagram).
입자들 사이의 상호작용: 왼쪽 입자가 두 입자로 쪼개지고 그중 한 입자가 두 입자로 쪼개져
다시 재결합하여 오른쪽 입자와 수렴한다.

물질명상을 통해 보고 알았던 새로운 물질의 생성과정을 소개
해 본다.

1) 음식에서 생긴 물질:

물질(깔라빠)에 있는 지(地), 수(水), 화(火), 풍(風), 색(色), 향
(香), 미(味), 영양소 성질 중에서 영양소가 다른 물질의 불의 요소
와 만나 새로운 물질(음식에서 생긴)을 만든다.(간단히 말해 하나의
입자가 불(열)의 도움을 받아 새로운 입자를 생성한다.) 이는 파인만
다이어그램에서와 같이 광자를 흡수 방출하여 새로운 물질이 생
성되는 것과 흡사하다.

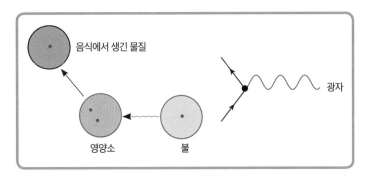

〈그림 17〉 음식에서 생긴 물질과 파인만 다이어그램

2) 온도에서 생긴 물질:

물질 속에 있는 불의 요인에 의해 새로운 온도에서 생긴 물질이 계속 생긴다. 이는 부처님 시절부터 전해 내려오는 가르침을 기록해 놓은 '아비담마(Abhidhamma)'의 물질생성 모습으로, 물질이 스스로 생겨난 모습을 지, 수, 화, 풍 4원소 중 불의 원인에 의해 새로운 물질이 생성된다고 해석한 것이 놀랍다.

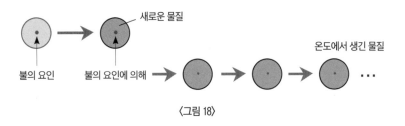

〈그림 18〉

3) 하나의 물질에서 두 개의 다른 물질(온도에서 생긴 물질과 음식에서 생긴 물질)이 계속 생성된다.

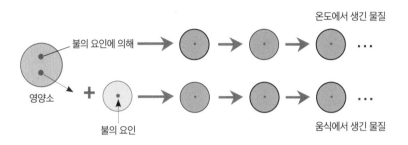

〈그림 19〉 아비담마의 물질명상의 새로운 물질생성

이처럼 파인만 다이어그램에서와 같이 물질들이 광자를 주고 받으며 새로운 물질들이 생성되는 과정과 2,500여 년 전 부처님과 그의 제자들 그리고 내가 물질수행에서 보고 알게 된 물질의 생성과정과 양자역학은 놀라울 만큼 닮아 있었다.

물질명상은 결코 쉬운 수행은 아니었다. 근본 물질인 '깔라빠'[37]를 보는 것 또한 정말 쉽지 않았다. 사실 원자가 10^{15}Hz(1초에 1,000조 번) 깜빡인다고 하니, 원자보다 미세한 입자들의 깜빡

---

37) 깔라빠: 산크리스트어로 이 세상을 이루는 최소 단위 물질. 지금의 원자 이하의 아원자에 해당하는 물질.

임이 얼마나 빠를지는 우리의 상상력으로도 알 수 없다.

그래서 사대명상수행 후 깔라빠를 본 후에도 하나의 입자를 붙잡고 그 속성을 아는 데에 많은 시간이 걸렸다. 이 같은 수행 주제를 처음 받았을 때, 그렇게 빠르게 깜빡이는 물질의 속성(지(地), 수(水), 화(火), 풍(風) 영양소 등)을 보다니, '그게 가능해?' 하는 의문을 가질 정도였다.

이렇게 불가능해 보이던 것을 처음 한 달간은 입자 하나를 붙잡는데 소요되었던 것 같다. 수행하면서 주제에 얼마나 집중했던지 눈은 밖으로 튀어나올 것 같은 느낌이 들 정도로 아팠고 머리도 아팠으나 몰입명상을 계속하자 빠르게 생겼다 사라지는 입자 하나를 잡는 데 성공했다. 그리고 입자의 지, 수, 화, 풍 4대 요소와 그 외의 속성도 보게 되고, 새로운 물질이 생성되는 과정도 하나하나 볼 수 있게 됐다.

이런 수행과정을 몇 달간 계속하고 1년이 지나자 나의 진동에너지가 높아져 마침내 미립자들의 움직임과 비슷해졌다. 나중에는 내가 입자들의 깜빡임을 볼 수 있을 정도로 입자들이 천천히 깜빡이며 생멸하는 것처럼 느껴졌다. 그러면서 두 입자가 만나 새로운 물질을 생성하고 사라지는 모습을 생생히 볼 수 있게 되었다.

지금 생각하니 그 당시 나의 집중력은 미립자의 진동에너지 수준까지 의식의 진동에너지를 높이 끌어올렸고, 이로 인해 미립자의 진동에너지(깜빡거림)와 비슷한 에너지 상태가 되었던 것 같다.

이처럼 우리의 능력에는 한계가 없는 것 같았다. 그러니 섣불리 우리의 한계를 규정짓고 그 한계 속에 머물러 있어서는 안 된다. 몰입과 의지가 있다면 우리의 한계는 없다고 봐야 한다.

평행우주 다차원에 존재하는 나

현재 우리는 3차원 공간에 있다. 그럼 초끈이론에서 말하는 또 하나의 차원인 '여분의 차원'은 과연 어디 있을까? 과학자들뿐 아니라 모든 이가 궁금해하는 것이다. 초끈이론은 우리가 사는 3차원 공간에 시간의 차원을 하나 더해서 4차원 그리고 여분의 차원이 하나 더 있으면 모든 것이 깔끔히 정리된다고 한다. 그런데 그 여분의 차원이 하나가 아니라 6개나 된다고 한다. 어떤 형태로든 물리학계에서는 우리의 세계가 10차원 공간이라고 한다.(M이론에서는 한 차원이 더 보태져서 11차원이 된다.) 그렇다면 이런 여분의 차원이 어떤 형태로든 공간을 차지하고 있을 거라 생각된다.

그러나 양자역학에서 이미 밝혀진 대로 공간 역시 '장'(場, field)이고, '장'으로 된 공간도 양자화되어 있다. 이것들 모두 일정한 양을 갖는 미세한 작은 단위(플랑크 길이)로 나뉘어 불연속적으로 존재한다는 것이다.

그래서 공간도 우리가 알고 있는 양자들처럼 중첩되어 있고 확률로 모든 곳에 존재한다고 한다. 마치 파일철에 한꺼번에 꽂아 놓은 서류처럼. 그래서 다차원도 경계 없이 각각의 차원들이 서로 스며있듯 중첩되어 있다. 차원마다 물질의 파동함수가 높은 곳에 그 에너지에 맞는 차원이 있을 확률이 높다고 봐야 할 것 같다. 다시 말해 차원의 경계는 없다. 차원뿐 아니라 양자역학적으로 보면 세상 모든 것은 경계가 없다. 우리 역시 경계 없이 서로 겹쳐 존재한다. 에너지의 파동으로. 이때 파동함수는 물질이 입자성을 가지고 어떤 위치에서 발견될 확률을 알려 준다.

우리는 우리의 감각 안에 들어온, 즉 우리 눈에 보이는 것을 개념화한다. 그러나 양자화되어 있다는 것은 우리의 감각 영역 너머의 것으로 개념화해서 언어로 정의하기 어렵다. 그래서 보이지 않는 감각 너머의 '감추어진 질서'에 해당하는 '여분의 차원'은 유령처럼 보이지 않는 차원으로 존재한다.

이 영역을 영국의 물리학자 데이비드 봄(David Bohm)은 '접힌 질서' 개념으로 설명하였고, 스웨덴의 이론물리학자 오스카 클레인(Oskar Klein)은 '작은 공간으로 기하학적으로 돌돌 말려들어간다'고 설명하고 있다. 이처럼 데이비드 봄은 전체 우주 질서 중 내면의 깊은 차원을 '감추어진 질서' 또는 '접힌 질서(implicate/enfolded order)'라 했고, 보이는 현실 세계를 '드러난 질서' 또는 '펼쳐진 질서(unfolded order)'라 했다.

조심스럽게 명상수행 중에 체험한, '접힌 질서'에 해당하는 '여분의 차원'에 대해 조금 더 들여다보겠다. 초끈이론을 근거로 우리의 시공간 4차원에 6개의 차원이 더해져 우리의 시공간이 10차원이라 할 때 차원이 높다는 것은 그 차원을 구성하는 물질의 파동에너지가 높다는 것을 의미한다. 즉 높은 차원을 구성하는 물질은 에너지가 커서 오늘날 우리가 가지고 있는 그 어떤 장비로도 측정할 수가 없는 영역이고, 또 어떤 분리기로도 그 물질을 분리해 검출해 내기 어려울 만큼 에너지가 크다고 한다.

그래서 우리의 감각으로는 볼 수 없지만, 엄연히 존재하는 차원이다. 물리학자 피터 프로인트(Peter Freund)에 의하면 "10번째 차원을 탐사하려면 현재 세계에서 가장 강력한 입자 가속기의 1천조 배에 해당하는 에너지가 필요하다고 했다."[38] 이뿐만 아니라 높은 차원을 구성하는 물질은 우리가 알고 있는 입자들과는 상호작용을 하지 않아 보이지 않는 물질인 '암흑물질'로 되어 있을 거라는 생각도 가능할 것이다. 우리 우주의 95%가 암흑물질(dark matter)과 암흑에너지(dark energy)로 채워져 있어 충분히 가능성이 있다. 그리고 접힌 질서에 해당하는 차원은 현실의 물질세계와는 다르게 모든 물질이 양자화된 미립자로서 시간과 공간을 초월해 모든 공간에 확률적으로 존재한다.

이렇게 접힌 질서에 해당하는 보이는 것 너머의 차원을 명상을 통해 들여다보면 5차원은 우리가 사는 바로 위 차원으로, 공간적으로는 지표면 가까이에 위치해 있음을 알 수 있다. 우리와 거의 같은 공간에 같이 겹쳐져 있다고 볼 수 있다. 5차원을 구성하는 물질은 4차원(3차원 공간+시간 1차원) 지구보다는 높은 진동에너지를 가지고 있고, 밀도는 낮아 형상은 있으나 물질세계가 아닌 홀로그램과 같은 세계일 것이다.

그리고 그 세계는 그곳 거주자의 의식에너지가 반영되어 이미

---

38) 미치오 카쿠 지음, 박병철 옮김, 《초공간》, 김영사, 2018, p.58.

지화된, 그래서 지구와 비슷한 '형상의 세계'라고 한다. 하지만 그곳에서는 지구와 달리 양자처럼 비국소적으로, 즉 위치가 고정돼 있지 않아 자유롭게 어디서나 존재할 수 있다. 그리고 생각(의식)이 즉각 현실로 체험되는 세계이다. 즉 그곳에서는 물질 몸을 벗어나 양자화된 의식으로 존재하므로 시공을 초월해 모든 곳에 존재할 수 있고, 의식이 가 있는 곳에서는 관측되고 현실화된다. 즉 의식이 관찰자가 되어 창조하는 세계이다. 이렇듯 5차원 세계는 물질의 세계가 아닌 형상의 세계로, 우리가 시공의 제한에서 벗어나 자유롭게 어디에나 (물론 범위는 5차원 내에서) 존재하게 된다.

우리의 '꿈'이 바로 5차원 세계에서 활동하는 차원이라고 보면 될 것 같다. 꿈에서 우리는 어린 시절로 돌아가기도 하고, 돌아가신 부모님을 만나기도 하고, 또 화성처럼 낯선 풍경 속에 있는 자신을 보기도 한다. 꿈에서 우리는 관찰자로 즉 바라보는 의식으로 경험한다. 사람에 따라 꿈의 경험은 다르겠지만, 나는 꿈에서 물질 몸이 아닌 의식으로 활동하며, 바라보는 의식으로 어떤 상황을 경험하는 것이 대부분이었다.

이처럼 꿈과 같은 5차원 세계는 우리의 물질 몸을 벗어나 의식으로 활동하는 영역에 있다. 물질세계가 아닌 형상의 세계이므로 시공의 제한에서 벗어나 현실세계보다 자유롭다. 이곳에서는 덩어리 몸이 아닌 미세한 양자 상태의 의식으로 존재하며 물질세계보다는 빠르게 진동하는 높은 에너지를 가진다.

이곳은 우리의 의식(생각)이 곧바로 눈앞에 현실로 펼쳐지는 세계이다. 그리고 꿈은 유연성이 있어 뭐든 나의 의지(생각)에 따라 자유로이 변형이 가능하다. 뿐만 아니라 우리의 감정도 형상으로 현실화되어 경험하게 된다. 예를 들어 두려움의 감정이 실체화되면 크고 무서운 동물이나 괴물한테 쫓기는 생생한 체험을 하게 된다. 꿈에서는 꿈인지 모르고 그 두려움을 몇 배로 크게 현실화해서 체험하게 되는 것이다. 만일 무의식의 두려움이 극복되지 않으면 두려움의 실체화는 계속 반복하게 된다.

이처럼 5차원 세계에서는 의식으로 시간과 공간을 초월해 어디에나 존재하는 나를 체험할 뿐 아니라, 나의 생각이 즉시 현실로 나타나는 체험을 하게 된다.

이처럼 생각이 투사되어 창조된 세상을 경험하는 것은 사후세계도 마찬가지이다. 그래서 꿈에서건 사후세계에서건 의식이 깨어 이것은 꿈이라는 것과 나는 물질 몸으로부터 자유로운 존재라는 것을 알아야 한다. 또한 내 생각에 따라 나는 모든 것을 창조할 수 있는 존재라는 것도 알아야 한다.

그러므로 의식적으로 꿈에서 깨어 있는 연습을 하면 좋다. 나의 경우 의식 있는 자각몽을 꿀 때는 꿈이라는 것을 알고 자유로이 날 수도 있고, 마치 채널을 바꾸듯 다른 꿈의 장면으로 이동하기도 한다. 그리고 형상의 세계를 넘어 빛만 있는 더 높은 차원에 머물기도 한다. 즉 꿈에서도 사선정(四禪定) 상태나 공무변처(空無邊處) 같은 무한한 공간에 머물기도 한다. 꿈과 현실은 하나의 세상이기 때문에 현실의 나의 정신적 상태가 꿈에 그대로 반영된다. 이뿐 아니라 사후생 등 다른 차원의 나의 세계에도 나의 의식은 그대로 반영되어 형상화된다. 이는 물질적 삶의 정도가 아닌 정신적 상태인 의식의 형상화를 의미한다.

이처럼 우리는 현실뿐 아니라 다른 차원에서도 활동하고 있다는 것을 알 수 있다. 꿈에서 깨어 있기 위한 연습으로 '꿈 일지'를 쓰면 좋다. 잠들기 전에 의식적으로 '나는 꿈을 기억하겠다', '꿈에서 깨어 있겠다' 등 스스로 주문을 걸듯 다짐하며 잠들고, 눈을 뜨자마자 꿈 내용을 간단하게 기록해보는 것이다. 꿈 일지를 쓰면 자신의 무의식을 알 수 있다. 예를 들어 뭔가에 불안해하거나 두려워하면 쫓기는 꿈이나 낭떠러지에서 떨어지는 꿈을 꾸게 되는데, 이는 무의식에 있는 두려운 감정이 형상으로 실체화된 것이다. 이것을 알고 현실의 내가 마음으로 '너는 안전해 더는 불안해하거나 두려워할 필요 없어' 하며 아이 달래듯이 자신에게 말해 주면 꿈에서뿐 아니라 현실에서도 불안의 감정에서 자유롭게 된다. 따라서 꿈 일지를 활용하면 무의식에 고착된 감정체를 자신으로부터 분리해 내는 방법으로 아주 좋다. 꿈도 우리의 활동 영역이기 때문이다.

꿈 일지 쓰기와 같은 연습을 통해 꿈에서 꿈꾸고 있음을 알아차릴 수 있다면 더 적극적으로 나의 부정적인 감정체를 나로부터 분리시킬 수 있다. 꿈에서 두려움이라는 감정이 크고 무서운 동물(곰)로 형상화되었다면 우리는 그것을 작고 귀여운 곰 인형으로 변형시킬 수 있다. 이때 형상을 변화시킬 필요도 없이 그 대상을 사랑스럽게 바라볼 수만 있어도 가능하다. 즉 그 대상을 바라보는 나의 관점(생각)만 바꾸면 된다. 이것은 나의 두려움이라는 감정을 겁내서 도망하거나 숨지 않고 마주하고 그 감정을 나로부터 분리해 내는 방법으로 좋다. 이렇게 대상을 바라보는 관점을 바꾸는 것은 꿈에서뿐만 아니라 현실에서도 그 효과가 같다. 두려움, 분노와 같은 부정적인 감정을 알아차리고 (마주하고) 다른 감정으로 승화시킬 수 있게 한다. 예들 들어 화내고 겁주는 상사(현실의 곰)를 나의 마음(생각)으로 작고 안쓰러운 강아지로 바꾸어 바라보라. 그러면 두려움은 없어지고 측은한 마음이 생길 것이다.

사후의 존재들이 5차원에 거주한다고 알려져 있다. 물론 철학자나 명상수행으로 높은 의식에너지를 갖게 된 사람은 자신의 파동에너지에 맞는 더 높은 차원에서 거주하게 된다. 6차원, 7차원 등 높은 차원의 세계는 더욱 높은 진동에너지를 갖는 물질 입자들로 이루어진 형상의 세계이다. 이곳은 5차원보다는 더 밝지만, 그래도 지상의 대기권 안에 있어 밤낮이 있다고 한다. 8차원 이상은 그보다 더 높은 대기권 밖에 있고 항상 밝은 빛의 세계라고 한다. 고차원은 눈에 보이지 않는 세계이고 대기권 밖이라 해서 어두운 하늘을 생각하면 안 된다. 매우 밝은 빛의 세계라고 보면 된다.

10차원과 같은 높은 차원으로 갈수록 입자들의 에너지는 상상 이상으로 커지는데, 그 근거로 "우주에서 날아오는 우주선(Cosmic Ray)은 우주에서 초광속으로 날아오는 입자 소나기이다. 이 입자들은 우리은하보다 먼 곳에서 생성되어 지구로 날아오는 입자들로 그 에너지가 매우 크다."고 한다. "그래서 10차원의 증거를 찾으려면 우주로 우주로 눈길을 돌릴 수밖에 없다."[39]고 한다.

이를 종합해 보면 고차원으로 갈수록 고차원을 구성하는 입자들의 크기는 미세해지고 파동에너지는 매우 높아진다는 것을 알수 있다. 고차원으로 갈수록 위치는 지구에서 더욱더 멀어져 10차원 이상은 아마도 다른 은하일 가능성이 크다. 일례로 "지금까지지구 감지기로 감지해 알려진 우주선(cosmic ray)의 발생지는 시그너스(Cygunus, 백조자리) X-3 별과 헤라클레스(Heracules) X-1 별자리라고 한다."[40] 이처럼 차원을 구성 입자의 에너지로 알 수 있듯이, 차원이 높아질수록 지구에서 먼 곳에 존재할 가능성이 크다.

그래서 접힌 질서에 해당하는 10차원 이상의 고차원은 작은 공간으로 기하학적으로 돌돌 말려 있을 확률보다는 상상할 수 없을만큼 빠른 진동에너지를 갖는 미세한 입자들로 이루어진 백조자리 은하나 헤라클레스 X-1 별자리처럼 지구에서 아주 먼 은하에있을 확률이 높다고 말할 수 있다.

---

39) 미치오 카쿠 지음, 박병철 옮김, 《초공간》, 김영사, 2018, p.302.
40) 미치오 카쿠 지음, 박병철 옮김, 《초공간》, 김영사, 2018, p.302.

에너지의 크기	파장의 크기와 빠르기	입자의 크기	특징	차원	고도
빠른 진동의 높은 에너지 ↑	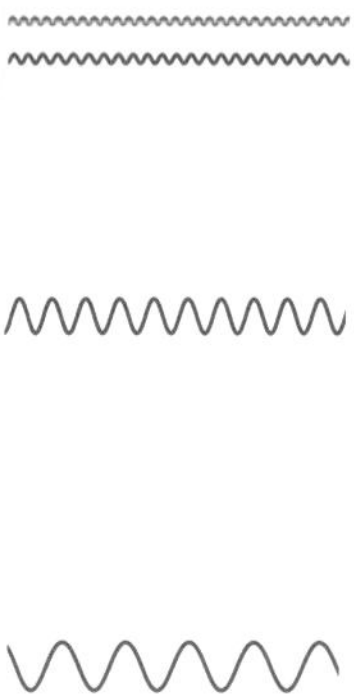 ～～～～～ ～～～～ 〰〰〰〰	 미세한 입자	빛의 세계	10(11)차원 이상	아주 먼 은하
			비물질의 형상의 세계	10(11)차원	다른 은하
				9차원	우리은하
				8차원	
				7차원	대기권
	〰〰〰〰			6차원	
				5차원	
↓ 느린 진동의 낮은 에너지	 〰〰〰	 덩어리 물질	물질세계 (밀도 크다)	시공간 4차원	지표면

〈그림 20〉 파장과 에너지와의 관계 그리고 입자의 크기와 차원(예상) 분포도

평행우주 다세계로 본
사후의 생과 꿈의 세계

　사람들은 지난 생을 믿든 안 믿든 자신의 사후의 세계에 대해
서는 매우 궁금해한다. 양자물리학적으로 보면 평행우주 다세계
에 동시에 존재하는 자신의 모습에 대한 궁금증일 것이다. 이렇
게 과거생(전생)뿐 아니라 사후의 세계도 평행우주 속 다른 차원
으로 확장된 나의 존재 영역이다. 꿈에서의 활동도 마찬가지로
나의 확장된 영역이고 이 모두는 하나로 연결된 '나'이다. 우리는
매일 밤 꿈이라는 또 다른 차원의 세상에서 활동한다. 육체가 자
고 있어 아무런 외부 시각정보가 없는 상태에서도 꿈에서는 현실
처럼 보고 느끼는 경험을 한다.

지금까지 우리가 알고 있는 것은 뇌가 감각기관을 통해 들어온 정보를 해석해서 현실로 인식한다는 것이다. 그러나 꿈에서처럼 육체가 자고 있어 감각기관으로부터 들어오는 정보가 없는 상태에서 어떻게 현실처럼 보고 듣고 느끼는 체험을 할 수 있는지 궁금하지 않을 수 없다. 생각해 보면 외부 자극 없이 현실처럼 펼쳐지는 꿈의 세계는 우리가 알고 있는 과학적 논리와는 매우 거리가 있고 기이하기까지 하다. 한편 정신분석학이나 분석심리학에서는 꿈을 무의식의 발현으로 해석하고 있다. 꿈의 세계에서는 의식적이든 무의식적이든 생각이 곧장 현실이 되어 눈앞에 펼쳐진다. 그렇게 매일 밤 우리는 또 하나의 세상을 살아간다.

또 다른 평행우주에 존재하는, '나'로 확장된 사후의 세계 또한 나의 영속적인 존재 차원이다. 18세기 스웨덴의 철학자이자 자연과학자였던 엠마누엘 스베덴보리(Emanual Swedenborg)와 지중해의 성자로 알려진 다스칼로스(Daskalos)의 영계(靈界) 체험에 의하면, 우리는 사후에도 중간계(천주교의 연옥에 해당)에서 살아간다고 한다. 지구의 생활환경을 그쪽 세상에 그대로 재현해 놓고 그 환경 속에 머무르면서 지구에 있을 때의 생활을 이어간다고 한다. 그럼 우리는 죽은 후에도 살아 있을 때의 기억과 생각과 느낌을 그대로 가지고 있다는 말이 된다.

그런데 우리의 육체가 죽어 뇌가 기능할 수 없는 상태에서 기억은 어디에 저장되어 자신의 생활환경을 재현해 낼 수 있을까? 뒤에서 자세히 설명하겠지만 우리의 기억 정보는 양자의식으로 시공(時空)에 저장된다. 그래서 우리는 육체가 없는 사후에도 마치 육체의 기능이 정상적으로 작동하듯 보고, 듣고, 느끼며 생활한다고 한다. 마찬가지로 꿈에서도 육체는 꼼짝 않고 자고 있어도 우리는 걷고, 뛰고, 울고, 웃고 한다. 유체이탈(out of body)로 신체를 벗어나 활동할 때도 몸은 소파에 누워 있으나 우리는 걷고, 바람을 가르며 이동하고, 희열, 두려움 같은 감정도 느낀다고 한다. 이렇게 우리는 다른 공간인 다세계(평행우주)에서도 동시에 존재해 활동하고, 육체의 유무와 관계없이 삶을 지속하게 된다.

그렇다면 무엇이 다른 차원의 공간에서의 삶을 지속하게 만드는 걸까? 또 이런 다차원의 세계에서 우리의 기억은 과연 어디에 저장되어 생각이 곧바로 현실이 될 수 있을까?

나는 이 책에서 생각도 물질이고 우리의 미세한 의식인 순수의식(영) 또한 미세한 물질로 양자화되어 있어 '양자의식'이라는 표현을 쓰고 있다. 미세 입자로 양자화된 '양자의식'에 개인의 고유 진동주파수가 정보로 저장된다고 할 수 있다. 영국의 이론물리학자 로저 펜로즈(Roger Penrose)는 우리의 뇌세포인 뉴런에 있는 미세소관에 양자 정보가 저장된다고 보았다. 그리고 이 양자 정보는 우주와 서로 얽힘 상태에 있다고 설명하고 있다. 즉 나의 정보가 우주 공간에 얽힘 상태로 저장된다는 것을 말하고 있다.

나 역시 나의 고유 의식의 진동주파수가 시공(時空)인 양자장에 정보로 저장됨에 따라 원하는 정보에 접속해 원하는 것을 볼 수 있다고 생각한다. 그래서 스크린에 영화가 상영되듯 우리 앞 공간 스크린에 나의 의식(생각)이 투사되어 생생한 경험을 하게 되는 것 같다.

좀 더 쉽게 말해 우리는 의식으로 우리의 시공에 간섭무늬 형태로 저장된 3차원 정보[41]를 원하면 언제든지 다시 2차원 영상으로 전환해 생생한 체험을 할 수 있다는 것이다. 마치 컴퓨터에 3차원 정보를 기본단위인 비트(bit)나 픽셀(pixel)의 형태로 저장했다가 다시 2차원 스크린에 재생해 내는 것과 같다고 할 수 있다. 즉 우리의 허공인 시간과 공간 역시 양자화되어 있어 나의 양자 의식이 그 양자장에 접속할 수 있는 것이다. 이는 마치 양자컴퓨

---

41) 23장 '홀로그래픽 스페이스'에 자세히 설명되어 있다.

터 속에 홀로그래피(간섭무늬 파동)로 저장된 정보를 나의 의식이 나의 스크린에 투사해 펼쳐내는 것처럼 보인다.

이처럼 우리의 기억(정보)은 우리의 뇌세포뿐만 아니라 미세한 의식(양자의식(마음))으로 우리의 시공에 동시에 저장되는 것처럼 보인다. 즉 우리의 시공인 우주가 큰 정보저장소(클라우드)가 되어 세상의 모든 정보가 저장되고, 동시에 우주의 작은 조각인 나의 뇌세포에도 나의 정보가 기록되는 것이다. 이는 물체의 3차원상을 입체감까지 완전하게 기록하고 재생해 내는 기법인 홀로그래피의 중요한 특성으로, 아무리 작은 조각이라도 그곳에 전체 정보가 간섭무늬 형태로 기록되는 것과 같다. 이런 원리에 따라 신체(뇌)의 기능이 멈추어도 우리의 정보(기억)는 여전히 시공에 간섭무늬로 기록되어 있다고 볼 수 있다.

그래서 현실뿐 아니라 꿈에서도 또 '영'의 세계인 사후에도 우리는 그 기억(정보)에 접속해 생생한 체험을 이어갈 수 있는 것이다. 즉 우리의 미세한 의식(양자의식)의 고유 진동에너지가 시공의 양자장에 접속해 다차원의 체험을 하게 해준다. 이해를 돕기 위해 비유하자면, 핸드폰 유심칩의 고유번호(주파수)는 세상 정보를 나의 핸드폰과 연결해 주고, 핸드폰 기기를 새것으로 교체

해도 유심칩의 고유번호(주파수)는 그대로 옮겨져 새로운 정보들과도 계속 연결해 주는 기능을 하는 것을 알 수 있다. 이처럼 나의 양자의식의 진동에너지(주파수)는 시공을 초월해서 세상과 변함없이 연결해 주어 다세계에서도 삶을 지속 가능하게 해주는 것 같다. 다시 말하지만 여기서 미세한 의식(양자의식과 마음)은 에고(Ego) 너머에서 지켜보고 있는, 투명하게 빛나는 의식과 마음을 가리키는 것으로 순수의식인 'I am(나 자신)'을 말한다. 이때의 'I am(나 자신)'은 그 특성이 양자의 특성과 같아 양자의식 또는 양자 마음이라는 표현을 썼다.

이런 양자적 특성을 갖는 우리 의식을 나의 '과거생'의 원인과 결과 체험을 예로 들어 설명해보겠다. 내가 필름을 뒤로 돌리듯 하루하루 뒤로 돌아가 어머니 배 속 너머의 과거생 중 임종 순간의 마음과 이번 생의 원인이 되는 특정 장면으로 돌아갈 수 있었다. 내가 보고 싶다는 마음(의도)을 낼 때 나의 삶의 조각 중 한 조각인 이번 생의 원인이 되는, 과거의 마음 한 조각이 내 눈앞에 영화의 한 장면처럼 펼쳐졌다. 이처럼 모든 정보는 양자적 특성으로 뇌세포뿐만 아니라 양자장의 아주 작은 단위(플랑크 크기)에도 동시에 기록되어 어디에나 중첩되어 있었다. 그리고 나의 의식이 가는 곳으로 접속되는 것 같았다. 이처럼 미세한 의식인 양자의식과 우리의 시공에 저장된 정보는 양자적 특성으로 서로 얽힘 상태에 있어, 시공을 초월해 그 정보를 공유하고 시공의 스크린에 펼쳐져 나타났다.

꿈에서도 내가 의식이 깨어 꿈꾸고 있음을 아는 꿈(자각몽)을 꿀 때 나는 나의 의식으로 꿈을 조종할 수 있었다. 꿈의 상황을 자각하고 있었기에 나는 TV 채널 돌리듯 그 꿈에서 다른 꿈의 장면으로 곧장 넘어가기도 했다. 예전에 나는 내가 타야 할 기차나 버스를 놓쳐 안타까워하는 꿈을 자주 꾸곤 했다. 그러나 나는 비국소적[42]으로 모든 곳에 있고, 내가 특정 장소를 생각하면 곧장 그 장소로 갈 수 있다는 것을 알기 때문에 꿈에서 기차를 놓쳐 더는 안타까워할 필요가 없게 됐다. 꿈에서 내가 가고자 하는 장소를 생각하면 즉시 그곳에 도착해 있는 나를 발견할 수 있었다. 즉 이런 앎은 확장된 나의 세계에서 자유로운 체험을 가능하게 해주었다. 이처럼 나의 의식이 관찰자로 양자장에 접속해 체험하는 세계가 꿈과 사후세계이다.

---

42) 비국소성(nonlocality) : 양자의 대표적 특징 중 하나. 한 공간에서 일어난 모든 것은 이와 분리된 다른 공간 작용에 영향을 미친다는 것을 말한다. 비국소적으로 모든 곳에 있다는 말은 양자 얽힘으로 정보가 빛의 속도보다 빠르게 전달되어 거의 동시에 있다는 것이다.

그래서 생각하면 즉시 현실화되는 세계이다. 그럼 이렇게 반문해 볼 수 있다. 꿈에서 자유로운 것이 무슨 큰 의미가 있는가? '꿈에서 깨면 어차피 꿈인데!'라고 말할 수 있다. 이는 우리의 다차원적 삶을 모르고 지구의 삶을 전부라 생각하기 때문이다. 하지만 꿈에서도 깨어 있을 수 있다는 것은 현실을 포함한 다른 차원의 세상에서도 의식이 깨어 관찰자적 시점으로 볼 수 있다는 것을 의미한다. 이뿐 아니라 모든 차원에서 나 자신이 창조자로서 깨어 있다는 의미이기도 하다. 이런 의미를 알게 되면 육체에서 떠난 후의 삶인 사후세계에서도 의식이 깨어 자신의 의식이 창조하는 세계에 살고 있음을 알고, 지속해서 의식의 진화를 이어갈 수 있다. 이처럼 무의식적인 꿈에서도 깨어 자유롭다는 것은 우리 자신이 다차원적 존재임을 알고 몸과 마음으로부터 자유로워진 상태라는 것을 말한다. 이는 모든 것은 양자화되어 동시에 중첩돼 존재한다는 우리 존재의 양자적 특성을 이해할 때 가능한 것이다.

사람마다 꿈과 사후세계가 다른 것은 개개인의 의식에너지(진동주파수)가 다르기 때문이고, 여러 생애 동안 마음에서 내보내는 생각(마음에서 만들어진 물질)으로 진동에너지가 달라 그에 맞는 것이 창조되기 때문이다. 즉 개개인에 따라 자신에 맞는 익숙한 생각과 감정에 맞는 영상이 뜰 수밖에 없다. 지금 이순간 내가 내보내는 생각과 의도(마음)가 나의 삶의 물질적 환경뿐만 아니라 현재의 육체의 건강상태까지 모든 것을 결정하는 것이다. 이 원리는 현실에도 다른 차원에 있는 '나'에게도 동시에 적용된다. 그래서 현재의 나의 모습뿐 아니라 사후의 나의 모습이 알고 싶다면 현재의 나의 마음이 내보내는 생각과 의도를 보고 행동을 보면 정확히 알 수 있다. 그곳에는 가식이 있을 수 없다. 있는 그대로 정직하게 형상화되어 나타나는 세계이기 때문이다.

그런데 우리는 왜 꿈이나 과거생 등 평행우주의 다른 차원에 동시에 존재하는 나를 기억하지 못할까? 현재의 자신을 나로 알고 있는 에고(Ego)만 모를 뿐 나의 '순수의식(영)'은 모두 알고 있다. 그 이유는 앞서 말했듯이 덩어리 몸을 지닌 현재의 나(에고)의 진동주파수와 미립자 상태의 순수의식(양자의식)의 진동주파수가 서로 다르기 때문이다. 5차원에 해당하는 꿈과 과거생 등은 지금의 시공인 4차원의 진동주파수보다 높다. 그러니 주파수가 다르면 접속할 수 없어 기억해 내지 못하는 것일 뿐, 전체로서의 '나(양자의식)'는 모두 알고 있다. 그러므로 우리는 훈련(수행)을 통해 얼마든지 다른 차원에 접속할 수 있다. 관찰자인 나의 의식(마음)을 그곳으로 향하게 하고 그에 맞는 수행을 하면 할 수 없는 것이 없다. 우리는 모든 곳에 중첩되어 있는 '신의 속성'을 지닌 존재이기 때문이다.

가장 좋은 수행으로는 명상과 같은 고요한 시간을 통해 '나' 자신에 대한 앎과 체험으로 의식성장이 일어나야 다양한 차원, 즉 평행우주의 다세계에 동시에 존재하는 '나'에 대해서도 통합된 체험을 할 수 있다. 이뿐만 아니라 우리의 궁극의 목적인 고차원으로도 상승할 수 있다.

이렇게 우리는 다차원에 다양한 모습의 '나'로 존재하며, 다양한 삶의 체험은 서로 연결되어 지속된다. 이런 경험들은 하나의 '나'로 통합되고 저장되어 우주의식(전체의식)으로 성장하며 진화해 나갈 수 있게 한다. 그리고 우리는 그러한 진화 과정에 있는 존재들이다.

그래서 지금 이 순간 내 옆에 있는 사람들과 사랑의 마음을 나누는 소소한 삶의 체험들이 매우 소중하다. 이런 소중한 체험과 앎을 통해 우리의 의식은 성장해 가고, 이를 바탕으로 한계 너머의 또 다른 차원까지 보고 알게 될 것이다.

고차원 체험

    아스트랄 프로젝션(Astral Projection, 유체이탈)으로 가본 나의 고차원 체험을 소개해 보면, 몸에서 벗어난 나는 창문을 통과하자마자 곧바로 하늘 위 세상으로 와 있었다. 하늘 위 세상에 건물들이 보였고, 책과 연필, 의자 등 모든 것이 날아다녔는데 그 크기가 매우 컸다. 책은 4인용 식탁보다 커 보였고, 보이는 것들 모두 형형색색으로 빛나고 있었다. 마치 내가 '이상한 나라의 엘리스' 만화 영화 속으로 뛰어들어온 것 같았다. 그곳에서 나는 몸이 아닌 관찰자 의식으로 놀라운 세계를 체험하고 있었다. 의식은 평정심 상태를 유지했다. 고차원 존재를 만나고 싶었으나 만날 수는 없었다. 위에서 누군가가 나를 지켜본다는 느낌만 받았다. 높은 곳 의자에 누군가 앉아 있다고 생각해 그 존재를 의식적으로 보려는 순간, 나는 몸으로 돌아와 눈을 떴다. 너무 짧은 체험이라 아쉬웠다. 하지만 내가 다녀온 곳이 하늘 위 고차원 세계라는 것은 알 수 있었다.

두 번째 체험 때 나는 언덕 위에서 하늘 위에 펼쳐진 거대한 존재들의 세계를 보고 있었다. 모든 것을 보고 있는 나는 언덕 위에 앉아 있는 '나'와 하늘 위 세상을 동시에 보고 있었다. 즉 통합된 시점으로 보는 체험이었다. 푸른 하늘 위 세상에는 커다란 뭉게구름처럼 큰 존재들이 그리스 로마 시대의 의상을 입고 있었다. 그들은 신들처럼 옥좌에 앉아 있었고, 부부와 아이들, 강아지가 놀고 있는 광경이었다. 그 뒤로 기사단, 일반 시민들, 농부들 이렇게 4그룹 형상의 세계가 커다란 뭉게구름처럼 펼쳐져 지나갔다. 하늘 위 차원에 강아지 같은 애완동물이 있다는 것이 무척 흥미로웠다. 그리고 사람들의 의상이 모두 서양 중세시대의 모습인 것은 나의 과거생(이탈리아인)의 영향이 컸던 것 같다.

이렇게 다른 차원의 세계를 체험할 때는 체험자의 과거생부터 지금까지 경험으로 축적된 무의식과 종교적 믿음 등이 반영된다고 한다. 그래서 불교 문화권의 사람은 그들이 좋아하는 자비로운 보살상을 보게 되고, 힌두 문화권에서는 얼굴 미간에 제3의 눈이 있는 신들을 체험한다고 한다.

두 체험의 공통점을 정리하면 위치상으로는 하늘 위의 세상이었고, 형상은 밝고 매우 컸다는 점이다. 내가 본 두 세계는 하늘 위 지구의 대기권에 위치한 6차원 정도에 해당하지 않을까 하는 생각을 했다. 이런 추론은 앞서 밝힌 물질 입자와 에너지 그리고 초기 불교 경전인 '아비담마(Abhidhamma)'에 나오는 삼계(三界, 31천)의 설명에 근거해 내린 것이다. 초기 부처님 시절엔 이 세상이 욕계[欲界, 11천(하늘)], 색계(色界, 16천), 무색계(無色界, 4천) 등 삼계(31천)로 이루어졌다고 보았다. 그중 우리 인간이 사는 곳은 욕계 11천(하늘) 중 다섯 번째 하늘에 해당하고, 그 아래로 4악처[(惡處), 지옥, 축생, 아귀, 아수라]가 있고, 위로는 6천상(하늘나라)이 있다고 보았다.

여기서 매우 흥미로운 점은 우리가 사는 세상인 욕계를 11천(하늘)으로 나눈 것이 M이론에서 11차원으로 나눈 것과 같고, 또 6개의 하늘나라가 있다는 것은 '끈 이론'에서 시공간(4차원)에 6개의 여분의 차원이 있다는 주장과 같다는 점이다. 그리고 물질 입자와 에너지와의 관계로 본 각각의 하늘의 위치나 빛으로 본 형상 등이 나의 고차원 체험과 매우 흡사했다.

6번째 하늘에 사는 존재와 관련해 우리 주변에서 볼 수 있는 재미있는 사실을 하나 더 소개해 보겠다. 나는 평소에 사찰을 방문할 때 별 관심 없이 그냥 지나쳤던 사천왕상을 다시 보게 됐다. 왜냐면 고차원 체험 후 천왕문에 늠름하게 서 있는 거대한 조각상이 매우 사실적으로 표현된 것임을 알았기 때문이다. 불교의 삼계에 의하면 사천왕은 인간이 사는 바로 위 하늘인 6천(天), 즉 사대왕천(四大王天)에 사는 존재들이다. "이 세상 존재들은 인간보다 훨씬 긴 수명을 가지고 있으며 풍부한 감정적 쾌락이 있다고 한다."[43] 그리고 그 존재들은 매우 크고(5~6 미터 정도), 빛과 색또한 매우 화려한 존재들이다. 이러한 존재들이 사찰 입구 천왕문에 매우 사실적으로 크고 우람하게, 색도 매우 화려하게 표현되어 있었다.

6번째 하늘에 거주한다는 사천왕은 사실 물질적 존재들이 아니다. 비물질 형상의 존재들이다. 경전에 설명된 대로 이러한 목각상은 하늘 위 존재들을 매우 사실적으로 표현해 놓은 것이다.

---

43) 위빠사나의 이론적 토대가 된《아비담마 길라잡이》

이런 사실을 알고 보니 매우 흥미로워 사찰에 들를 때마다 발길을 멈추고 자세히 보게 되었다.

또 다른 고차원의 비물질 세상 이야기로는 장자(莊者)의 〈제물편(齊物篇)〉에 나오는 '호접지몽(胡蝶之夢)'과 〈소요유편(逍遙遊篇)〉의 '대붕(大鵬)' 이야기가 가장 널리 알려진 이야기일 것이다.

"내가 지난밤 꿈에서 나비가 되었다. 날개를 펄럭이고 꽃 사이를 날아다녔는데 너무 기분이 좋아 내가 나인지도 몰랐다. 그러다 깨어보니 나는 나비가 아니고 내가 아닌가? 그럼 지금의 나는 진정한 나인가? 내가 나비가 되는 꿈을 꾼 것인가? 나비가 내가 되는 꿈을 꾼 것인가?"_〈장자의 제물편〉

장자의 〈제물편〉에 나오는 나비가 된 꿈 이야기 '호접지몽'과 〈소요유편〉의 대붕 이야기는 자유로이 고차원에 존재하는 우리의 모습이 우화적으로 잘 나타나 있다.

"북쪽 검푸른 바다에 물고기가 있으니 그 이름은 '곤'이라고 한다. 곤의 크기는 몇천 리가 되는지 알 수 없다. 어느 날 그것이 변하여 '붕'이라는 새가 되었다… 이 붕새의 등 길이 또한 몇천 리가 되는지 알 수 없다… 날기 위해 날개를 활짝 펴면 하늘 한쪽을 가득 드리운 구름과 같다."_〈장자의 소요유편〉

장자의 호접몽은 5차원 꿈의 이야기이고, 붕새 이야기는 전형적인 6번째 하늘(6차원) 이야기임을 알 수 있다. 이 이야기들은 우리의 감각 너머의 고차원 이야기로 자유로운 존재 상태에 있는 우리들의 이야기이기도 하다.

앞서 말한 나의 고차원 체험은 크라운 차크라(정수리 에너지센터)가 폭포수처럼 높은 에너지로 나의 척추를 관통하여 정수리로 올라간 다음에 한 체험이다. 이런 이야기가 대다수 사람에게는 옛날이야기처럼 들릴 수도 있다. 내가 본 세계는 형상이 있는 차원이었고, 더 높은 차원은 형상도 없는 초미세 물질 차원으로 오직 평안한 우주의식만이 빛과 함께 존재하는 차원이다. 모든 것이 하나인 우주의식은 텅 비어 있으나 신령하게 알아차리는 존재 그 자체로 11차원 너머에 있지 않을까 싶다. 우리는 깊은 명상 속에서 이런 존재의 차원에 잠시 머물 수 있다. 이렇게 우리는 어느 차원에서든 동시에 존재할 수 있는 다차원적 존재이다.

이와 같은 공간적 의식확장을 통해 우리가 다차원적 존재임을 아는 의식의 확장이 어쩌면 삶의 가장 큰 목적일 것이다. 그래서 현재뿐만 아니라 양자 상태의 '나'를 아는 것이 중요하다. 양자 상태의 '나'는 내 안에 있으며, 양자 마음(의식)으로 있는 '나'를 말한다.

이런 존재 상태를 잘 설명해 놓은 글이 있어 몇 가지 소개해 보겠다.

"우리가 사는 현재를 육체의 감각으로 체험하는 세계는 다차원으로 된 전체 가능성 세계의 극히 일부분일 뿐 아니라 개개인은 비육체적 세계에도 존재한다. …(중략)… 내가 아는 '나'는 전체 자아 중 극히 일부분에 불과하다."[44]

이처럼 우리는 의식확장을 통해 무한 가능성의 장에 다양한 가능태로 있는 우리 자신의 삶을 창조할 수 있다. 이것은 지금 우리가 살고 있는 3차원 세계에도 그대로 적용된다. 이 모두는 하나의 그물망으로 연결된 하나의 세계이기 때문이다. 자신의 의식이 머무는 곳으로 에너지도 가서 환경을 변화시킨다. 동시에 생각이

---

44) Seth Speaks 《육체가 없지만 나는 이 책을 쓴다》: '세스'라는 고차원 존재가 미국의 제인 로버츠라는 시인을 통해 쓴 책.

내 삶으로 현실화된다. 이런 다차원적 자아는 내 안에 순수의식으로 있어 투명하게 빛나는 의식(마음)으로 있는 '나'이다. 그래서 우리의 삶은 다양한 체험을 통해 진정한 나 자신으로 거듭나기 위한 과정이라는 것을 알 수 있다.

또 우리는 "지구 차원의 존재 이상임을 알고 더 높은 에너지를 활용하는 다른 물리적 우주의 다른 지점으로도 갈 수 있다."[45] 이와 같은 세스(Seth)의 말은 우리가 의식에너지를 높여 평행우주의 높은 에너지 차원으로 이동할 수 있다는 가능성을 의미한다.

이뿐 아니라 다세계 해석 이론을 제창한 휴 에버렛[46]의 "중첩되어 있는 각각의 현실 하나하나가 나뉘어 새로운 세계가 된다."라는 주장은 "우리의 사소한 생각 하나하나가 새로운 세계를 탄생시킨다."는 세스의 말과 묘하게 꼭 닮아 있다.

---

45) 제인 로버츠 지음, 서민수 옮김, 《육체가 없지만 나는 이 책을 쓴다》, 도솔, 2000.
46) 휴 에버렛(Hugh Everett III, 1930~1982): 미국의 물리학자로 다세계 해석을 제안했다. 그는 코펜하겐 해석과는 대조적으로 파동함수가 붕괴되지 않고 양자 중첩의 모든 가능성이 유지되어 관찰자마다 다른 세계가 있다고 가정했다.

놀라운 점은 휴 에버렛은 우리 시대에 활동한 양자물리학자이고, '세스(seth)'는 육체를 초월한 고차원의 영적 존재라는 것이다. 고차원의 영적 존재가 채널링(channeling)을 통해 우리에게 전하는 다차원과 물리학자가 제창한 다세계가 사실은 같은 것을 말하고 있다. 놀랍지 않을 수 없다.

이렇게 양자역학적 다세계 해석으로 만들어진 평행우주든 또는 호킹 박사의 웜홀로 이어진 다중우주든 우리는 다양한 가능성의 세계가 존재함을 알 수 있다. 이러한 사실을 통합된 앎으로 알 때 우리는 그 너머로 나아가는 의식의 확장과 진화를 이룰 수 있다. 양자역학에 의하면 우리는 다차원적 존재로서 수많은 평행우주에 서로 연결되어 동시에 존재한다는 것이다. 어쩌면 지금의 나는 그와 같은 다양한 차원에서 다양한 모습으로 경험을 쌓고, 그 경험을 축적하고 공유하면서 지금의 '나'를 이루고 있다고 볼 수 있다.

빛으로 진동하는 몸과 마음

    지금까지 살펴보았듯이 우리는 느리게 진동하는 덩어리 육체를 가진 존재 그 이상이다. 나의 근원은 투명하게 빛나고, 깨어서 청정하게 바라보는 의식으로 있었다. 이런 의식을 가진 나는 미세한 알갱이로 깜빡이며 빠르게 진동하는 빛이다. 이 상태일 때 우리는 우주 어디든 마음(의식)이 가 있는 곳에 시공을 초월하여 존재하게 된다. 이 존재는 물질 몸으로 한계 지어진 '나'(에고)가 아니라, 투명하게 빛나는 마음(의식)으로 내면에 있는 바라보는 의식(나 자신)이다. 이때의 '나'는 양자 상태와 같다.

    참으로 낯선 '양자 마음(의식)'이라는 말을 들으면 현실의 나는 살아가는 동안 물질 몸 안에서 그 몸을 벗어날 수 없는 현실에 부딪히게 된다. 그런데도 미세한 '영'으로서 양자 마음(의식)인 '나'를 아는 것이 무슨 의미가 있는가 하며 의문이 들 것이다. 실제로 이 질문을 주변에서 가장 많이 받았다. 이제 이 질문에 답을 한다면, 육체라는 한계를 갖고 사는 '나'와 의식으로서 미립자인 '나'는 내면의 바라보는 의식인 '나'로서 둘이 아닌 하나이기 때문이다.

다시 말해 작은 알갱이와 같은 내면의식인 '나'에 '에고'라는 육체를 갖고 사는 현실의 내가 포함된다. 이것을 에너지적으로 보면 큰 나(영적인 나)에 작은 나(에고)가 속해 있다고 말할 수 있다. 역설적인 사실이다. 작은 미립자에 덩어리 몸이 포함되어 있는 것이다. 사실 우리가 에너지를 갖기 때문에 큰 에너지에 작은 에너지가 속해 있는 것은 당연한 이치이다.

즉 양자 상태의 '나'는 영원불변하며 내면에서 모든 것을 지켜보는 신령한 '영'으로 있다. 이는 미세한 의식으로 투명하게 빛나고 있어 내 안에서 발견되어져야 한다. 또한 빛으로, 기쁨으로, 행복으로, 사랑으로 존재한다. 이런 육체와 마음(의식)은 태극의 음과 양처럼 상호 보완 관계이며 서로 긴밀하게 연결된 하나이다. 이처럼 우리 존재의 근원은 둘이 아닌 하나이므로, 그중 빛으로 있는 '나'가 빛을 못 내면 전체는 어둠 속에 있다고 보면 된다. 그래서 몸이 아프면 '영'도 어둡다. 반대로 내면인 '영'이 밝으면 육체도 건강하고 가볍고, 말 그대로 빛이 난다. 또한, 현실뿐만 아니라 다차원(다른 평행우주)에 있는 '나'와도 긴밀하게 하나로 연결되어 있다. 그러기 때문에 현실에서 낮은 에너지로 진동하는 부정적인 생각과 감정을 밖으로 내보내며 살고 있다면, 다른 차원에 있는 나 역시 낮은 에너지 차원 대에 머물게 된다. 놀라운 것은 다른 차원은 현실보다 미세한 차원이기 때문에 이곳에서는 밝은 쪽(빠르게 진동하는 높은 에너지)이든 어두운 쪽(느리게 진동하는 낮은 에너지대)이든 증폭된 에너지로 몇 배나 강하게 경험하게 된다고 한다.

미세한 몸인 '영'을 강조하는 이유는 사람들이 현재의 물질 몸(에고)만을 '나'로 알고, 그런 한계에 갇혀 몸과 마음으로부터 자유롭지 않기 때문이다. 하지만 이런 앎이 있으면 의식의 인식 범위가 넓어져 우리 존재의 가능성 또한 확장된다.

"너희는 빛에서 왔다. 빛이 스스로 생겨난 곳에서 왔다. 빛은 스스로 존재하며 스스로 생겨나 그들의 형상으로 자신을 드러낸다. …(중략)… 너희는 빛의 자녀이다."_〈도마복음〉50장

도마복음서의 예수님 말씀은 선문답 같기도 하지만 우리가 누구인지를 양자역학적으로 명쾌하게 알려주는 말씀이다. 양자처럼 미세한 알갱이인 '나'는 깜빡이는 빛으로 의식을 가지고 진동하는 입자이다. 그래서 양자의식('나' 자신)은 에너지를 갖고 깜빡이는 빛 자체이다. 마찬가지로 우리 몸도 깜빡이며 생성과 소멸을 반복하는 양자 덩어리인 빛 덩어리이다. 모든 물질처럼 우리 몸도 전자기장을 방출하는 커다란 자석처럼 전자기파를 방출한다. 우리 신체를 포함한 모든 물체는 빛 입자(광자)를 주고받으며 전자기에너지를 방출하기 때문에 발산하는 빛 그 자체이다.

"빛은 스스로 생겨나 그들의 형상으로 자신을 드러낸다."는 말씀은 신의 형상으로 우리를 빚었다는 말씀과 일맥상통한다. 우리 역시 깜빡이는 빛 알갱이로 스스로 생성과 소멸을 반복하며 빛으로 존재하고, 모든 곳에 존재하는 양자들처럼 신의 존재 방식으로 존재한다. 이렇게 우리가 빚어졌다고 양자역학적으로 명확하게 설명하신 구절은 그 어디에서도 찾아보기 어려울 것이다. 나는 빛에서 온 자녀임을 알고, 내 몸 밖으로 빛이 퍼져 나가 빛나고 있는 자신의 모습을 상상해보라! 이것이 정확히 우리들의 모습이다.

내가 명상을 통해 본 사람들의 모습도 머리 위로 흰 띠를 두른 듯 빛을 발산하며 그 빛에 쌓여 있었다. 이렇게 우리는 성화(聖畵)에서 본, 후광(헤일로)에 둘러싸인 성인의 모습과 같았다. 정말 놀라운 모습들이었다. 그 누구 하나 빛나지 않는 사람이 없었다. 사람뿐 아니라 연필, 나뭇잎, 꽃잎 등 사물들 또한 놀랍도록 아름다운 빛이 테두리를 두르듯 쏟아져 나와, 투명하고 밝은 빛에 쌓여 있었다.

"그러자 그들이 '그럼 너희의 아버지께서 너희 속에 있다는 증거가 무엇인가?'라고 묻거든 그들에게 말하라. 그것은 움직임과 정지(motion and rest)이다!"_〈도마복음〉 50장

우리 안에 아버지(God)가 있다는 증거가, 다시 말해 신이 우리 안에 있다는 증거가 '움직임과 정지'이다. 이 말씀의 의미를 알게 되었을 때 탄성이 나왔다. 도마복음서 내용 중 해석이 가장 어려운 부분이었다. 그런데 그 말씀은 바로 진자(pendulum)의 운동과 양자장(quantum field)의 들뜸으로 깜빡이는 양자의 진동임을 알았다. 다시 말해 양자들이 진동하며 깜빡이는 것을 말하고 있었다. 즉 양자처럼 깜빡이고 있는 우리 모습이 아버지(God)가 내 안에 있다는 증거라는 말씀이다.

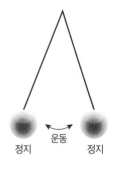

〈그림 21〉

〈그림 21〉로 쉽게 설명하면, 진자운동은 시계추처럼 양쪽 끝에서 다른 쪽 끝으로 정지-운동-정지를 반복한다. 즉 똑딱 똑딱을 반복하는데 이를 기호로 말하면 0, 1, 0, 1...이다. 이는 정보를 전달하거나 기록하는 방식이다. 모스 부호(Morse code)와 디지털(Digital)의 정보 저장, 전달 방식과 같다.

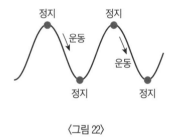

〈그림 22〉

양자의 파동성 또한 일정한 진폭을 가지고 파동의 변곡점에서 정지하다 다음 변곡점까지 운동한다. 파동의 정지-운동-정지는 우리 눈에 입자가 깜빡이는 것으로 보이고, 이를 기호로 표기하면 0, 1, 0, 1...이다.

현재 우리가 사는 세상에서 거의 모든 정보는 디지털화되어 불연속적인 0과 1의 이진법 조합으로 생산, 저장, 처리할 수 있도록 되어 있다. 즉 연속적인 아날로그의 모든 정보는 모두 디지털로 전환할 수 있게 되었다. 이런 디지털 정보의 최소 단위를 0과 1로 된 bit(비트)라 한다.

오늘날 컴퓨터나 스마트폰 등의 3차원 정보는 움직임과 정지인 0, 1로 된 비트로 저장, 전달되며 그리고 다시 2차원 스크린의 형상으로 재생되고 있다.

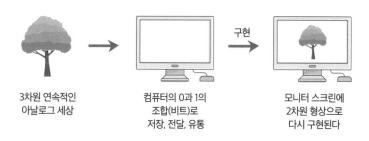

3차원 연속적인
아날로그 세상

컴퓨터의 0과 1의
조합(비트)로
저장, 전달, 유통

구현

모니터 스크린에
2차원 형상으로
다시 구현된다

〈그림 23〉 3차원 세상을 0과 1(즉 움직임과 정지)로 저장. 다시 2차원 형상으로 구현해 내는 컴퓨터.

또한, 우리를 이루고 있는 미립자인 양자는 일정한 운동량을 갖고 진동하고 있다. 즉 움직임과 정지를 반복하는 것이다. 양자들은 모두 이처럼 각자 파동의 진폭과 진동수를 갖고 진동하는데 그 양에 따라 에너지가 다르다. 이때 파동의 진폭이 짧고 빠르면 높은 주파수를 갖고 에너지가 높다. 반면에 파동의 진폭이 길고 진동이 느리면 낮은 주파수를 갖고 에너지는 낮다.

이렇듯 모든 물질은 양자들로 이루어져 있고, 각기 다른 고유의 운동량인 에너지를 가지며 파동으로 떨리고 있다. 즉 수없이 깜빡이며 빛을 내고 있다. 이런 입자들로 가득 찬 빈 공간과 사물들은 양자들의 파동으로 출렁이는 '양자장의 출렁임' 그 자체이다.

공간에 미세한 입자들이 가득 차 반짝이고 있다고 상상해보라. '양자장의 출렁임'이라는 말 역시 입자들의 깜빡임 자체가 진동이어서 이런 파동 현상을 형상화하기 위해 출렁임이란 표현을 쓰고 있다. 그리고 사람과 사물들도 미세한 입자들이 덩어리로 모여 각자 형체를 가지고 깜빡인다고 상상하면 맞다. 이런 덩어리 형체의 물체를 이루는 입자들은 느려진 진동수에 맞게 느리게 깜빡인다. 즉, 우리 모두 운동과 정지라는 깜빡임을 반복하고 있다. 그렇지만 우리 눈으로 볼 때는 깜빡이며 생겨났다 사라지는 틈을 볼 수 없어 고정된 물체로 보일 뿐이다. 다만 명상수행으로 그 틈을 보게 되면 우리의 모습 역시 깜빡이는 입자들의 덩어리로 '생겨났다 사라졌다'를 반복하는 것을 볼 수 있을 것이다.

"즉 원자가 10^{15}Hz(헤르츠)로 진동한다면 원자는 1초에 1,000조 번(10^{15}Hz) 깜빡인다는 뜻이다. 그러나 이런 원자가 모여 분자가 되고, 분자들이 모여 세포 수준으로 덩어리지면 세포가 수용

할 수 있는 수준인 10^3Hz로 진동수가 낮아진다. 실은 세포도 굉장히 빠르게 진동한다. 이런 세포들이 모여 한 덩어리가 된 것이 우리 몸이다. 우리 몸은 7Hz로 더욱 진동수가 낮아져 1초에 7번 진동하고, 각 변곡점에서 깜빡이기 때문에 1초당 14번 깜빡인다고 한다."[47]

우리의 감각기관(눈, 코, 입, 피부)에 입력된 정보도 모두 진동주파수로 된 정보로써 운동과 정지의 파동으로 전달된다. 결국 우리는 파동으로 된 정보를 우리의 뇌가 해석해서 아는 것이다. 예를 들어 보라색 꽃을 보게 되면 보라색 파장이 눈의 신경세포에 전달되고, 그 파장을 뇌로 보내면 뇌에서 모든 정보를 통합해 보라색 꽃으로 해석한다. 이뿐 아니라 우리에게 들어오는 정보는 모두 전기적 진동(즉 '깜빡임', '운동과 정지,' '0과 1') 상태이다.

이렇게 우리 안에 아버지(God)이 있다는 증거가 '운동과 정지'라는 도마복음의 말씀은 우리가 깜빡이며 진동하는 양자적 특성을 가진 우리 자신이라는 것을 알 수 있다. 놀랍게도 양자역학은 우리 자신이 깜빡이는 빛으로서 양자처럼 신의 속성을 가진 존재

---

47) 이차크 벤토프 지음, 류시화 외 옮김,《우주심과 정신물리학》, 정신세계사, 1987. p.125.

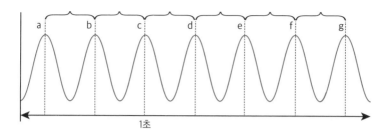

〈그림 24〉 초당 7번 진동하는 우리 몸의 파장(1초당 7번 진동: 7Hz). 각 변곡점에서 깜빡이기 때문에 1초당 14번 깜빡인다.

라는 것을 말해 주고 있다. 그리고 모든 피조물 역시 이처럼 신의 속성(빛)을 가지고 있다는 것을 알 수 있다. 이는 "신은 없는 곳이 없이 만물에 편재해 계신다."는 말씀과도 맞닿아 있다. 그러니까 이미 2,000년 전에 예수께서는 양자들로 이루어진 우리와 미시계인 내면세계의 질서를 정확히 꿰뚫고 계셨다. 이를 알고 생각해 보니 그 깊은 통찰력에 놀라지 않을 수 없었다.

그러므로 우리 안에 깜박이며 빛으로 계신 아버지(God)를 더는 밖에서 찾지 말고, 내 안에서 찾아야 할 것 같다. 예수님은 일찍이 말씀을 통해 우리 안에 빛으로 있는 신성을 우리 스스로 찾아 밝히길 가장 바라셨을 것이다. 그리고 그것을 몸으로 보여주시기 위해, 위대한 '영'이 몸을 입고 이 세상에 오신 것이다. 그러니 이제는 내 안에 빛으로 있는 '나'를 밝힐 때이다.

반복해서 말해도 지나치지 않을 만큼 '우리는 빛 그 자체이고 진동하는 에너지이다'. 그리고 양자역학과 도마복음은 우리 자신이 신의 속성을 가진 존재라는 것을 밝히고 있다.

내 안에 빛으로 있는 '나'를 만나려면, 내면의 목소리에 귀 기울여 미세한 느낌에 집중하고 조용히 자신 안으로 몰입해 들어가게 해주는 명상이 최상의 방법이다. 이때 우리는 내면에서 투명하게 터져 나오는 빛을 직접 볼 수 있을 것이다.

양자장에 모든 정보가 저장되어 있다면?

(홀로그래픽 스페이스)

나는 산책 중 벤치에 앉아 나뭇잎에서 나오는 빛을 보며 명상에 들어가 앉아 있는 것을 좋아한다. 나뭇잎 하나에 어느 정도 집중하고 있으면 나뭇잎 가장자리로 투명하게 밝은 빛이 띠를 두르듯 환히 나온다. 이렇게 나뭇잎 가장자리가 빛으로 둘러싸이면 그 빛을 대상으로 30분 정도 명상에 더 들어가 나무와 숲과 내가 하나 되어 자연이 주는 편안한 에너지에 나를 맡긴다. 그 순간 숲은 나뭇잎뿐 아니라 나뭇가지와 나무 모두 각자 자신의 빛으로 반짝이고 있다. 그렇게 한참을 앉아 있으면 나뭇잎 사이로 들어오는 햇빛도 빛 알갱이로 반짝거려 내 쪽으로 누군가 불을 켜 놓은 듯 숲이 환하게 밝아진다.

나뭇잎과 꽃, 풀잎 등 모든 생명체뿐만 아니라 돌멩이 같은 사물들까지도 각자 자신의 빛을 발산하고 있다. 이처럼 빛이 사물 주변에 나타나는 모습이 있는데, 러시아의 전기공이었던 세묜 키를리안(Semyon Kirlian, 1900~1980)이 우연히 고전압 전극에 몸을 가까이하다 빛이 발산하는 현상을 발견했다. 여기서 영감을 얻은 키를리안은 빛(전기)을 활용한 사진 촬영 기법을 발명했는데, 그의 이름을 따서 키를리안 사진(Kirlian photography)이라 한다. 이렇게 찍힌 나뭇잎, 동전 등 모든 사물들은 아름다운 빛 에너지를 뿜어내는 모습으로 나타났다. 자연의 모든 것은 이렇게 신비롭고 영롱한 빛을 발산하고 있다.

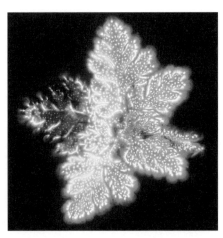

〈그림 25〉 키를리안 사진

이런 자연을 눈으로 보는 희열은 말로 표현하기 어렵다. 마치 아름다운 천상의 모습과 같아 기쁨으로 넋을 잃고 바라볼 수밖에 없다. 나는 그렇게 한동안 숲에 앉아 빛 명상을 해왔다. 이후 두 계절이 지날 무렵, 나뭇잎 사이로 누군가 오색실을 걸쳐 놓은 듯 하늘에서 레이저 빛처럼 쭉쭉 뻗은 오색 빛이 그 위로 실처럼 드리워져 넘실거리고 있었다.

나는 숲의 나뭇잎과 나뭇가지들로부터 뿜어져 나오는 빛뿐 아니라 풀어진 오색 실 같은 레이저 빛줄기에도 집중하기 시작했다. 그러던 어느 날 실처럼 쭉쭉 뻗은 오색 빛 사이로 뭔가 어른거리듯 반짝이는 것이 보이기 시작했다. 그러나 그 실체를 또렷이 보기는 어려웠다. 반짝이는 빛 속에 뭔가 있다는 궁금증을 안고 몇 달이 지나갔다.

그해 끝자락 겨울이 되고 눈이 소복이 쌓인 햇살 좋은 어느 날, 나는 산책하던 중 언덕 위에 서서 햇살의 빛줄기에 집중했다. 그러자 그동안 어른거리게 보여 궁금증을 자아내던 것이 이번엔 또렷하게 내 눈앞에 모습을 드러냈다. 쌓인 눈의 흰색이 빛을 반사해 더욱 잘 보인 것 같았다. 그 순간에 본 것은 놀랍고 경이로울 만큼 밝고 투명한, 오팔 색으로 빛나는 둥근 원형의 물체였다. 물

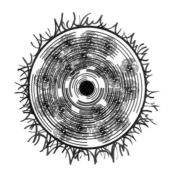

체의 안쪽 문양과 색은 둥근 원형의 파동으로 간섭무늬 형태를 보였다. 그것은 모든 정보가 파동의 간섭무늬로 기록된 홀로그래피 디스크와 같았다. 원형의 가장자리는 태양의 코로나처럼 투명하게 밝은 빛으로 넘실거렸고, 큰 원 안으로

〈그림 26〉

는 작은 원형의 물결 모양의 파동이 수없이 많이 빛나고 있었다. 전체적인 색은 오팔 색을 띠어 마치 반짝이는 홀로그램 필름 색처럼 보였다.

〈그림 26〉에서처럼 원은 마치 살아있는 생명체(단세포 동물)처럼 작은 움직임을 보이고 넘실거리며 반짝이고 있었다. 놀라운 점은 3차원 '구'가 아닌 2차원의 둥근 동전과 같은 디스크 모양이었다.

그리고 단면이 두 개의 층으로 된 것처럼 안쪽에 한 층이 더 있었다. 안쪽 면에도 둥근 파동의 간섭무늬로 된 작은 원들이 가득했다. 디스크의 안쪽은 LP판처럼 둥근 홈으로 정보를 기록하는 파동의 간섭무늬가 있다는 것이 놀라울 뿐이었다. 물론 처음부터

이렇게 자세히 알지는 못했다. 그러나 언제든 눈을 가늘게 뜨고 햇살의 가장자리를 보면 볼 수 있어 자세히 관찰하고 기록하며 알아보았다. 그러던 어느 날 마이클 탤보트의《홀로그램 우주》책 속에 있는 그림 한 장이 또 나를 놀라게 했다. 암호화된 이미지를 담고 있는 홀로그램 필름으로, 불규칙한 물결무늬의 간섭무늬를 띤 둥근 원형 사진이었다. 이 사진은 내가 빛 속에서 본 둥근 원형의 빛 디스크 안쪽 모양과 정확하게 일치해 나를 놀라게 했다. 이 같은 물체를 본 누군가는 기록하고 언젠가는 키를리안 사진처럼 찍혀 널리 알려지길 바랐다. 나 또한 그 누구보다 그 물체에 대해 자세히 알고 싶어 기록하기 시작했다.

좀 더 자세하게 소개해 보겠다. 나는 그 뒤로도 햇살 좋은 날이면 언제든 눈을 가늘게 뜨고 빛 속에서 홀로그래피 디스크 같은 '빛 디스크'를 보게 되었다. 눈이 많이 쌓인 화창한 날에는 눈의 흰색이 빛을 더욱 반사해 평소보다 훨씬 많은 빛 디스크를 볼 수 있었고, 그것들은 규칙적으로 차곡차곡 겹쳐서 빛 속에 가득했다. 마치 일정하게 줄로 배열되어 겹쳐 있었다. 그중 내가 하나의 둥근 빛 홀로그램 디스크

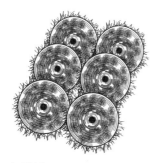

〈그림 27〉

에 의식의 초점을 맞추면 나머지는 사라지고 그 한 개만 내 눈앞에 모습을 나타냈다. 내 앞에 나타나 반짝이며 넘실거리는 그 모습을 보고 있으면 얼마나 사랑스럽던지 손을 뻗어 손 위에 올려놓고 보기도 했다. 둥근 물체들은 정말 살아 있는 생명체처럼 산들산들 흔들거리며 내 앞에서 자신을 뽐내고 있었다.

내가 본 빛 디스크도 양자(quantum)의 특성을 띠고 모든 곳에 중첩되어 있다가 측정하면 그중 하나만 관찰되는 것과 같았다. 내가 그 물체와 1m 정도 떨어진 거리에 있을 때는 크기가 500원짜리 동전만 하고, 바로 눈앞에 가까이 있을 때는 작은 사과 크기로 보이기도 했다.

그 후로도 몇 년에 걸쳐 빛 디스크를 다양하게 관찰해보았다. 빛 디스크 안의 둥근 간섭무늬의 두께도 각기 다 달랐다. 좀 더 두꺼운 선이 있는가 하면 좀 더 가는 선이 있고, 정중앙은 검은 반점들이 빼곡하게 있어 검게 보였다.

그 빛 디스크는 햇빛과 같은 빛 속 허공에 있는 모습이었다. 그래서 이를 보려면 눈을 아주 가늘게 뜨고 빛 사이를 집중해서 봐야 하는데, 눈을 가늘게 뜨다 보니 내 코 주변도 보이기 시작했다.

이때 내 콧등이 햇빛에 반사되는 모습을 볼 수 있었는데, 내 피부 역시 솜털 하나하나 빛이 났고, 그 사이는 오팔 색으로 빛나고 있었다. 놀랍게도 우리는 이런 무지갯빛 오팔 색의 아름다운 피부를 지닌 존재였다. 단지 보는 눈이 없을 뿐 어쩌면 이 세상 또한 천상의 모습과 같을지도 모른다는 생각이 들었다.

  겨울에는 날씨가 추워 항상 털모자를 쓰고 빛 디스크를 관찰했는데, 어느 날 내 피부뿐 아니라 다른 것들도 빛을 내고 있나 하는 의문으로 시선을 위로 올려 보았다. 이때 시야에 들어온 내 모자의 털 보푸라기가 빛을 받아 빛나고 있었다. 보풀 역시 오팔 색이었다. 보푸라기도 무지갯빛이구나 하는 순간, 그 빛에서 렌틸콩 크기의 빛 방울들이 생겨났다. 그것은 마치 포도송이들처럼 보푸라기 주변에 방울방울 맺히기 시작하더니 덩어리로 빛나는 것이었다. 이때의 작은 빛 방울들 하나하나도 오팔 색으로 빛나고 있었다. 빛 방울 안쪽의 문양 역시 둥근 파동의 간섭무늬를 띠었다.

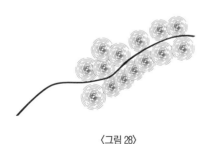

〈그림 28〉

마치 둥근 LP판의 무늬처럼 둥근 간섭무늬를 가진 빛 알갱이들이었다. 이때의 빛 알갱이들 역시 파동의 성질을 가진 간섭무늬

로 나타나 정보를 가지고 있는 것처럼 보였다. '이럴 수가!' 심장
이 놀라움과 희열로 빠르게 뛰었다.

내가 본 빛 알갱이들이 정보를 저장하는 간섭무늬를 가지고 있
다니, 참으로 놀라웠다. 그리고 그것은 〈그림 28〉에서와 같이 하
나하나 둥근 무늬만 있는 단순한 형태였다. 처음에는 오팔 색의
아름다운 둥근 물체가 허공에 둥둥 떠 있는 것이 신기해서 놀랐
다면, 이제는 둥글게 빛나고 있는 알갱이들 안에 어쩌면 모든 정
보가 기록되어 있을 거라는 생각에 더욱 놀라지 않을 수 없었다.

그 작은 알갱이들과 빛 속에서 본 500원짜리 동전 크기의 빛
디스크도 마치 홀로그래피 디스크의 문양과 정확하게 같았다.
빛 알갱이들 역시 홀로그래피와 같이 간섭무늬로 되어 있어 3차
원 정보를 2차원 판에 저장하는 방식이었다. 그래서 아무리 작아
져도 전체 정보가 다 담겨 있다는 원리에 의해 저 작은 빛 양자
들 속에도 우주의 정보가 담겨 있을 거라는 생각이 들었다.[48] 만
일 내가 본 것들이 언젠가 키를리안 사진처럼 특수 카메라에 찍
혀 세상에 모습을 드러내면 큰 인식의 변화(패러다임 전환)가 있

---

48) "한 점 티끌 속에 온 우주가 담겨 있고(一微塵中含十方)", "낱낱의 모든 티끌
에도 역시 이와 같다(一切塵中亦如是)"《화엄경》《법성계》.

을 것이다. 또한, 이 세상을 이해하는 데에 많은 도움이 될 것으로 생각한다.

내가 허공에서 본 그 아름다운 물체를 보고 있으면, 화엄경의 인드라망 경계문(因陀羅網 境界門)에 나오는 인드라망의 유리구슬이 가장 먼저 떠올랐다.

"인드라 신이 사는 천궁에는 입체로 된 그물이 있는데,
그 그물코마다 유리구슬이 꿰어져 있고,
그 유리구슬 하나하나에 사방의 형상이 모두 들어 있다."

놀랍게도 빛 속에서 본, 허공에 둥둥 떠 있는 빛 디스크들 역시 인드라 궁의 입체 그물망에 꿰어져 사방의 형상을 모두 담고 있는 유리구슬처럼 사방의 정보를 기록하는 간섭무늬를 가지고 반짝반짝 빛나고 있었다.

여기서 중요하다고 생각해 내가 주목하는 것은 둥근 오팔 색 '빛 디스크'의 간섭무늬이다. 빛 디스크가 홀로그래피 디스크의 정보 기록 방법인 파동의 간섭무늬로 되어 있다는 것이다. 그렇다면 이 작은 알갱이들 속에 정보가 기록되어 있다는 것이 되므

로 참으로 놀라울 뿐이다. 그럼 이 허공(시공)의 양자장에 우주의 정보가 기록되어 있다는 말과 같기 때문이다. 만일 이것이 사실이라면 그 의미는 매우 크다. 3년 전 이것을 처음 본 뒤로 계속 생각하고 기록하다 보니, 어느 날 새벽 명상 때 나의 내면의식도 중요한 퍼즐 한 조각 같은 공간의 모습을 생생히 보여주었다. 놀랍

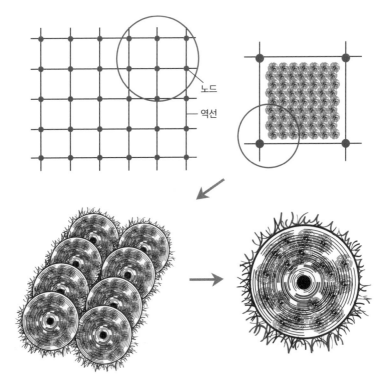

〈그림 29〉 시공의 내부구조 : 공간은 격자무늬 빛의 선으로 플랑크 크기로 나뉘어 있고, 선들 내부는 빛 알갱이들이 질서 있게 배열되어 꽉 채우고 있다. 그 작은 알갱이들이 언덕 위에서 본 동전 모양의 오팔 색 '빛 디스크'로, 안쪽은 둥근 파동의 간섭무늬로 빛나고 있다. 이 빛 디스크들도 양자적 성질을 띠고 있다.

도록 아름답고 선명한 허공의 모습이었다. 그 모습은 공간을 나누는 그물망 같은 격자 모양 사이사이에 작은 원형의 물질이 가득 차 빛나고 있는 모습이었다. 이 공간은 밝은 역선(lines of force)들로 이루어진 내부에 작은 원판들이 차곡차곡 배열되어 있어 마치 빛나는 황금빛 반도체 칩들이 배열된 것과 같았다.

우리가 알고 있는 우주의 빈 공간은 시공이 하나의 장으로 되어 있다. 격자이론에서 보았듯이 공간은 양자화되어 마치 직물의 씨실과 날실처럼 짜여 있어 하나의 거대한 우주 그물처럼 출렁인다. 그리고 그 안쪽 모습은 〈그림 29〉의 두 번째 모습과 같이 역선(lines of force)들로 짜인 공간 속에 작은 빛 디스크들이 차곡차곡 질서 있게 배열된 모습이었다. 그 하나하나에는 정보를 기록하는 둥근 파동의 간섭무늬로 가득했다. 이런 모습을 통해 본 우주의 빈 공간은 마치 칩들이 웨이퍼에 질서 정연하게 배열된 반도체를 생각나게 했다. 이러한 허공의 모습은 정보를 담고 있는 칩들이 광대한 우리의 시공이라는 장(場, field)에 가득 담겨 출렁이는 우주 공간을 상상하게 하고, 또 펼쳐보게 한다.

지금까지 내용을 종합해 보면, 명상 중 나의 눈(제3의 눈)으로 본 우리 세상은 시공간 자체가 거대한 초대용량의 정보 저장 장

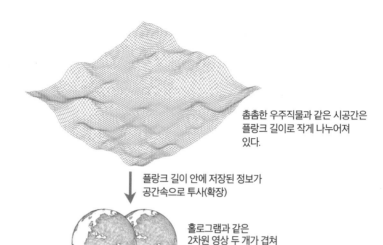

촘촘한 우주직물과 같은 시공간은
플랑크 길이로 작게 나누어져
있다.

플랑크 길이 안에 저장된 정보가
공간속으로 투사(확장)

홀로그램과 같은
2차원 영상 두 개가 겹쳐
만들어진 3차원 세상

〈그림 30〉 명상으로 본 세상은 시공의 양자장 자체가 거대한 초대용량의 정보 저장 장소였다. 여기서 투사된 세상은 홀로그램과 같은 2차원 영상 두 개가 겹쳐져 보이는 3차원 세상이었다. 즉, 2차원의 두 개의 영상이 겹쳐진 세상이 우리가 경험하고 있는 세상이었다.

소처럼 보였다. 시공간도 양자화되어 있으므로, 이처럼 플랑크 길이로 잘게 쪼개진 양자장 안에 저장된 정보가 특정 조건을 받아 우리의 시공간에 투사되면 그 정보가 확장되어 보이는 세상이 바로 우리가 사는 세상인 것 같다. 그리고 이러한 세상은 마치 홀로그램의 2차원 영상(스크린) 두 개가 겹쳐져 3차원 세상을 이루고 있는 것처럼 보였다.

이렇게 보면 우리 시공의 양자 공간 자체가 정보 저장 장소이고, 이런 시스템으로 작동할 수도 있겠다 싶었다. 그래서 홀로그램 우주론과 말로만 들었던 아카식 레코드(Akashic Records)를 다시 한번 생각하게 됐다. 홀로그램 우주(Holographic space)는 물리학자 데이비드 봄이 주장한 가설로, 우주와 경험적 현상세계는 전체의 일부분일 뿐이며, 우리가 보는 부분의 모습은 홀로그램의 간섭무늬가 투영된 것이고, 실제 의미를 가진 전체는 더 깊고 본질적인 차원이 존재한다는 이론이다.[49]

그리고 '아카식 레코드' 개념에서 아카식의 어원은 산스크리트어 '아카샤(Akasha)'로 공간, 하늘, 허공, 우주, 근원을 의미한다. 티벳 불교에서는 허공인 시공의 아카식 레코드에 모든 정보가 기록되어 있다고 한다. 그래서 우주의 도서관이라 불린다. 현대의 클라우드(cloud) 같은 클라우드 데이터베이스의 큰 버전이라 생각하면 될 것 같다.

한편 내가 본 허공(시공)의 홀로그래피 디스크 같은 오팔 색 둥근 물체에 대해 유사한 기록 하나를 보았다. 조 디스펜자의 《당신도 초자연적이 될 수 있다》에 따르면, 멜라토닌이 생성한 화합물

---

49) 마이클 탤보트 지음, 《홀로그램 우주》, 정신세계사, 1999.

질 중 인돌아민에 관한 설명에서 "이 인광 발광성 화학물질(인돌아민)은 뇌에 에너지를 더할 뿐 아니라 마음속 이미지를 강화시켜 생생하고 초현실적인 빛을 보게 한다. 그리고 그의 연구소 수강생 중 몇 명은 투명한 총천연색으로 오팔 색 같은 아름다운 것이 공중에 떠 있는 모습을 보았는데, 이 세상 것이 아닌 듯한 매우 심오한 빛을 뿜어낸다."라는 구절이 있다.

여기서 나는 '공중에 떠 있는 오팔 색 물체를 보았다'는 것에 의미를 두고 있다. 이는 누군가 볼 수 있는, 실체가 있는 물체라는 것을 말하기 때문이다. 나도 처음 그 물체를 보았을 당시만 해도 놀라움과 호기심만 있었지 도무지 무엇인지 몰랐다. 그래서 가족들에게 흥분된 어조로, "내가 오팔 색으로 빛나는 아름다운 둥근 물체가 허공에 떠 있는 것을 보았다."고 말한 적이 있다. 물론 지금은 그보다는 많이 알게 되었지만 말이다.

제3장

내가 내보낸 마음(생각) 에너지에 따라 우
리는 무한 가능성을 실현할 수 있는 세상에
살고 있음을 알게 된다. 실패란 없다. 단지
시도하지 않음이 있을 뿐 모두 귀중한 삶의
경험들이다. 그러니 두려워할 것도 없다.

돌멩이 하나에도 우주가 담겨 있다

호흡에 집중해서 생각을 잠재우고 흩어져 있는 의식을 하나로 모을 때 호흡은 미세해지고 규칙적으로 조화를 이루어 자연(지구)의 리듬과 동조된다. 이렇게 생각이 고요해질 때 잠시라도 나와 자연의 진동에너지는 같은 파장으로 진동하게 된다.

이렇게 자연과 동조된 나의 진동에너지가 커지면 내 안에 충만한 기쁨으로 가득 찬다. 이런 기쁨이 우리의 본래 모습이다. 본래 우리는 기쁨으로 행복으로 충만함으로 이 땅에 왔다. 그래서 생각을 멈추고 내면으로 들어가 빛으로 빛나는 나의 내면의식과 하나가 될 때, 내 안에 이미 자리한 기쁨과 환희의 축포가 내 안에서 빛의 폭죽으로 터져 온몸을 가득 채우게 된다. 이것은 비유가 아닌 실재의 생생한 내면 상태이다. 이렇게 나의 세포 하나하나까지 기쁨으로 빛으로 가득한 상태를 경험하게 된다. 이때 우리는 빠르게 진동하는 에너지로, 시공에 하나의 그물망으로 짜인 양자 그물망(장)에 연결되어 같이 진동하게 된다. 그리고 우리는 몸을 가진 존재에서 미세해진 순수의식 상태가 되어, 우주의 일부이면서 우주 그 자체가 되는 경험을 하게 된다.

앞에서 살펴보았듯이 이 세상은 홀로그램 원리로 작동되고 있었다. 이 세상을 이루고 있는 근본 물질이 입자이면서 파동의 성질로 이중성을 가졌기 때문에 우리도 양자들처럼 서로 중첩되어 모든 곳에 가능성으로 존재한다.

그래서 우리의 감각 너머의 실재계에서는 모든 형상이 환영처럼 찰나적 생멸을 반복하며 깜빡이는 모습으로, 마치 홀로그램이 공중에 투사된 듯 고정된 실체 없이 자유롭게 어디에나 존재하게 된다. 이처럼 우리의 근원은 가능태로 존재하며 우리의 모든 정보는 홀로그래픽 원판에 간섭무늬로 기록된다. 이런 홀로그래피 원리로 아무리 작게 나누어진 각 조각의 부분 안에는 전체의 모습이 그대로 들어 있는 것처럼, 부분이 전체의 모습을 그대로 갖고 있다. 이는 프랙탈(fractal)[50]과 같다. 자연의 자기 복제 기능에 의해 아무리 작게 나뉜 작은 조각 하나하나에도 전체의 자기 모습이 담겨 있는 것이다. 그래서 작은 돌멩이 하나, 풀 한 포기에도 전체인 우주의 원리가 담겨 있다. 우리는 우리 인체가 소우주라는 말을 즐겨 쓰는데 정확한 표현이다.

나는 우주의 한 조각으로, 내 안에 온 우주 또한 들어 있게 된다. 이뿐만 아니라 내 안에는 우주의 운행원리도 들어 있다. 에너지체 수행 중 하나인 단전호흡 수행을 하면 내 안에 소주천(小周天), 대주천(大周天)과 같은 기운이 도는데, 아랫배에서 도는 기운이 소주천이라는 행로를 따라 돈다. 그리고 기운이 아랫배 단전에서 척추를 타고 등줄기를 따라 정수리까지 올라갔다가 미간을 따라 심장을 통해 다시 단전으로 내려오는, 대주천의 큰 기운이 내 안에서 돈다. 쉽게 말해 별이 하늘에서 궤도를 도는 것처럼 우리 안에서도 같은 원리로 기운(에너지)이 돈다. 내 안에 우주의 원리가 있음을 또 한 번 체험하게 된다. 이렇게 사람뿐 아니라 가장 미세한 먼지에도 우주가 들어 있다. 이렇듯 모든 것이 우주의 축

---

50) 프랙탈 : 부분이 전체 모양을 닮은 자기 유사성을 가지고 끝없이 반복되면서 전체를 이룬다. 자연계의 리아스식 해안선, 고사리 잎, 창문의 성에 등에서 그 모습을 볼 수 있다.

소판이다. 그러므로 허공에 떠 있는 양자 하나와 같은 미세한 빛 입자에도 우주의 정보가 간섭무늬로 기록되는 것은 결코 우연이 아님을 알 수 있다.

역으로 현실세계의 사람을 포함한 모든 사물은 가장 작은 입자인 양자들과 같은 원리로 작동되고 있다는 것을 알 수 있다. 그런데 양자들의 속성은 신의 속성과 같아 모든 곳에 없는 곳이 없이 편재해 존재하므로, 관찰자(의식)에 의해 즉시 창조되는 (즉 관측되는) 특성이 있다. 이런 양자들로 이루어진 자연의 모든 생명체뿐만 아니라 사물들 하나하나는 신의 속성을 가진 창조물이라 할수 있다.

우리의 세상은 하늘의 원리 (미세한 입자들로 이루어진 실재 세계의 원리) 그대로 땅에서도 이루어지고, 역으로 땅에서 이루어진 것이 하늘에서도 그대로 이루어진다. 이것이 '하늘에서와 같이 땅에서도 이루어지소서'의 의미이기도 하다. 그러나 우리는 하늘나라를 저세상 또는 우리가 도달할 수 없는 이상적인 이데아의 세계로 생각하고 현실세계와 분리하기 쉽다.

그러나 하늘나라인 미세한 '영'의 세계, 즉 우리의 감각 너머의 보이지 않는 세계는 우리가 사는 현실세계와 정확히 하나로 연결된 하나의 세계이다. 단지 우리의 감각 능력의 한계로 볼 수 없을 뿐 두 세계는 엄연히 같은 하나이다. 그리고 전체(우주) 중 이런 감각 너머의 세계를 접힌 질서[51] (또는 감추어진 질서)로 표현하고 있지만, 사실 우주는 전체 중 특정 부분을 접힌 질서로 감추어 놓지 않았다. 단지 우리가 볼 수 없어 우리 입장에서 해석한 전체(우주) 질서인 것이다. 그래서 전체(우주) 중 펼쳐진 질서에 해당하는 우리의 현실세계가 전체 질서를 따르고 그와 같다는 것은 너무나 당연한 이치이다. 우리 역시 우주의 작은 먼지 같은 존재지만, 전체인 우주 질서가 우리 안에 그대로 있다.

다행히도 우리는 그 전체를 조금이나마 인식할 수 있는 능력이 우리 안에 있다. 빛으로 우리 안에 있는 순수의식(영)이 바로 그것이다. 그래서 내가 나의 순수의식(영)과 하나 되어 전체(우주)를 주시하는 의식(빛)으로 있을 때 '나'는 우주의 부분이면서 동시에 우주 전체인 상태가 된다. 이때 우주가 내 안으로 들어온다. 이뿐만 아니라 우주의 빈 공간인 시간과 공간 역시 하나의 장(場,

---

51) 접힌 질서(implicate order): 물리학자 데이비드 봄(David Bohm)은 전체 중 대부분을 차지하는 감추어진 세계를 '접힌 질서'로, 드러난 현실을 '펼쳐진 질서'로 보았다.

field)으로, 망(網)으로 연결되어 있어 이곳과 저곳은 하나로 진동하는 하나의 세계이다. 그래서 성경에 "이곳에서 매면 하늘나라에서도 매이고 이곳에서 풀면 하늘나라에서도 풀릴 것이다"(마태오복음 18:18)라는 말씀이 있다. 이는 또한 이곳과 저곳인 하늘나라(천국)가 서로 얽혀 있어 정보가 즉시 전달되는 양자적 상태에 있음을 설명해 주는 구절이기도 하다.

명상으로 에너지 센터 열기

호흡명상으로 생각을 멈추고 하나의 대상에 집중하다 보면 자신의 본래의 존재 상태가 드러난다. 내면에 텅 비어 있지만 존재의 깊은 곳에서 조용히 바라보는 순수의식으로 머물 때 우주와 하나 된다. 이때 나의 진동에너지는 규칙적이고 조화로워져 지구와 동조된다. 이렇게 동조된 나의 진동에너지는 상상 이상으로 커지게 된다. 눈을 감고 호흡에 집중하면 시간이 지날수록 호흡은 미세해지고 고요해진다. 이때 내 몸과 마음에서 희열이 올라와 편안해지고, 행복 에너지가 내 안에 가득해져 붕 떠 있는 듯한 상태가 된다.

물론 깊은 몰입 상태에 들면 좌뇌의 수입로가 차단되어 몸에서 오는 느낌과 생각이 사라지고, 공간지각 또한 사라져 공중에 떠 있는 느낌을 받는다. 이런 상태는 몸이 없어져 버린 느낌으로 명상에 더 오래 머물게 해준다. 또 몸에서 오는 감각이 없어지면 외부와 나와의 경계 또한 사라져 나 자신이 곧 우주의 일부임을 체험하게 된다. 즉 오직 순수의식으로 눈앞에 펼쳐져 있는 광대한 우주를 주시하고 있는 텅 빈 공(空)의 상태가 된다. 이렇게 우주가 내 안에 있음을 체험으로 알게 된다. 명상이 더 깊어지면 또 다른 스테이지로 들어가는데, 겨자씨만 한 구멍에서 빛이 나오고 그 빛에 의식을 집중해 빛과 하나인 상태에 오래 머물면, 우리는 점점 미세해져 높은 에너지 상태의 고차원 세계에 해당하는 의식을 경험하게 된다.

이때 높아진 나의 의식 진동에너지는 내 몸의 에너지 센터(경락)를 자극시켜 활성화한다. 그리고 내 몸 안에 에너지로 된 에너지체가 있다는 것을 경험하게 된다. 또 연습을 통해 그 에너지체(에너지 몸)를 나와 분리하는 것도 가능하게 된다. 마치 칼집에서 칼을 빼듯이 내 육체에서 에너지 몸(영체)을 분리시킬 수도 있다.

이렇게 에너지가 활성화되어 만들어진 몸에 대해서는 디가 니까야의 〈사문과경(沙門果經)〉에도 자세히 설명되어 있다.

"옛 마가다의 왕 아자따삿뚜웨데히뿟따가 세존(부처님)께 찾아와 여쭈었다. '출가해서 수행하는 사문들이 천상이 아닌 지금 여기에서 받는 눈에 보이는 과보는 무엇입니까?' 그러자 부처님은 그 중 '의성신(意成身)'의 성취에 대해 말씀하셨다. 삼매에 든 마음에서 의성신을 만들기 위해 마음을 그쪽으로 기울입니다. 그는 이 몸에서 팔다리가 완전하고 눈·코·입(6근)이 완전한 형상이 있는 '마음으로 된 몸'을 만듭니다. …(중략)… 대왕이시여, 비유하면 어떤 사람이 칼을 칼집에서 뽑아내는 것과 같습니다."

여기서 칼집은 육체인 몸이고, 칼은 칼집의 본체인 의성신을 말한다. 의성신은 미세한 몸으로 차크라(에너지 센터)가 다 열려 마음으로 만들어진 영원한 몸이다. 이처럼 우리의 4가지 몸 중 육체 안에는 에너지체, 감정체(아스트랄체), 생각체(멘탈체)와 같은 미세한 몸(영체)이 생생한 느낌과 감각을 가진 새로운 몸으로 있다. 그리고 우리는 이런 새로운 몸을 만들어 육체 밖으로 꺼낼 수 있다. 이렇게 만들어진 새로운 몸은 죽지 않는 몸이라고 한다. 이는 밀교적 성향이 강한 불교 경전 구절 중 하나로, 미세한 몸에 대한 기록이다. 그러나 우리도 현실에서 이런 새로운 몸을 성취할 수 있다.

우리는 '나'라는 거친 물질로 이루어진 육체가 죽으면 죽는다고 생각한다. 그러나 우리는 육체뿐만 아니라 마음으로 만들어진 새로운 몸(에너지체와 같은 영체), 즉 눈에 보이지 않는 물질로 이루어진 또 다른 몸이 있음을 알 수 있다. 우리 육체의 에너지 센터가 높은 에너지로 활성화되어 서로 연결되면 이런 에너지체의 몸이 자유로이 (물론 많은 훈련이 필요하다) 육체 밖으로 드나들며 미세한 물질세계로의 여행이 가능하다.

내 몸의 에너지 센터가 열리고 에너지 몸이 느껴지면 몸 안의 에너지 흐름도 알 수 있다. 또 원하는 곳으로 에너지를 집중할 수 있다. 심상화를 통해 주변 사람들에게 좋은 에너지를 보내면서 그들의 건강과 안전을 기원해 줄 수도 있다. 이러한 것들은 내 안에 미세한 몸이 있다는 것을 알고 집중할 때 가능하다. 놀라운 점은 마음으로 전하는 에너지의 효과는 거리에 상관없이 즉시 나타난다는 것이다. 우리 모두 전자기장인 에너지 파동으로 된 하나의 큰 우주의식 안에 살고 있기 때문이다.

나의 에너지 센터가 열려 에너지체가 몸 밖으로 나간 경험을 하나 더 소개하겠다. 첫 리트릿(집중명상)을 시작한 지 8일째에 이

르러 그동안 강하고 불규칙했던 내면의 빛이 조금씩 안정을 찾아 갔다. 그리고 이어가던 집중시간이 한 시간쯤 지나자 시원한 바람이 등줄기를 타고 오르더니, 일순간 온몸이 천장 쪽으로 치솟아 오르는 듯했다. 마치 페퍼민트 오일을 발끝부터 발라 놓은 듯 다리 밑에선 바람이 부는 것처럼 시원한 에너지가 올라왔고, 황홀감과 희열감이 온몸을 휘감았다. 지금까지 한 번도 경험해 보지 못한 희열감이 몇 시간 동안이나 이어질 정도로 강렬했다. 이런 현상을 그 당시에는 뭔지 몰랐으나 몇 년 뒤 에너지체 수행으로 정확히 알게 되었다. 그것은 원신(본연의 미세한 몸)이 내 육체 밖으로 치솟아 오른 현상이었다.

그 후 호흡명상 때 의식이 가는 곳으로 에너지가 가는 것도 알게 되었다. 예를 들어 미간에 무거운 압박감이 들 때 코앞에 둔 의식을 배 아래 쪽으로 내렸더니, 머리 앞에 있던 빛이 배 주변으로 내려가 그쪽이 밝아짐을 알았다. 그러자 머리에서 느낀 압박감도 사라졌다. 이렇게 의식을 옮겨가며 에너지를 위아래로 올리고 내리는 훈련을 반복했다. 그러다가 어느 날 이번에는 의식을 정수리에 집중하고 에너지를 정수리에 모아 보았다. 그리고 몇 달간 에너지를 정수리 밖으로 끌어내 북극성까지 쭉 뻗어 올리는 심상화를 했더니, 어느 날 에너지가 척추를 타고 폭포수처럼 시

원하게 정수리로 올라가 '정수리 차크라'가 열렸다. 이런 경험이 있은 후, 나는 전생 체험, 상위차원 체험, 도형의 세계, 패턴의 세계 등 다양한 체험을 이어가게 되었다. 그리고 미세한 내면세계를 볼 수 있는 눈이 생겨나 눈을 뜬 채 물질의 생성과 소멸을 볼 수도 있게 됐다.

침묵 속에서 '나' 자신과 만나자!

생각을 잠시 멈추고 자신을 들여다보고 단지 존재만 하는 상태에 머물러 보자. 이때 나의 가장 깊은 내면에 '관찰자'로 있는 '나 자신'은 내 안에 마치 또 다른 내가 있는 것처럼 끊임없이 재잘거리며 불평하고 있는 작은 나, 에고(Ego)를 지켜보고 있다.

재잘거리며 불평하고 있는 나는 에고 의식으로 이런 육체와 생각과 느낌을 '나'라 생각하며 지구에서 한정된 수명을 가지고 사는 현재의 '나'이다. 반면에 깊은 내면을 조용히 지켜보고 있는 '순수의식'인 '나(I am)'는 시작도 없고 끝도 없는, 태어나기 전에도 존재했던, 한계 없이 무한한 존재로서의 '나'이다.

한 번쯤 내면에 순수의식으로 있는 '나 자신'을 체험해 보고 싶지 않은가? 이 체험은 우리를 더 높은 의식의 차원으로 이끌어 주고, 한계를 벗어나 참 자유를 알게 해준다. 그러니 잠시라도 조용한 곳에서 눈을 감고 호흡을 지켜보자. 5분도 좋고 10분도 좋다. 호흡이라는 하나의 대상에 집중해 생각을 조용히 바라보자. 잠시도 쉬지 않고 많은 생각을 하고 있다는 것에 놀랄 것이다. 이것을 아는 것이 시작이다.

생각이 떠오르면 바로 이를 알아차리고, 의식을 다시 호흡으로 옮겨 호흡을 바라보라. 그러면 생각은 사라진다. 의식을 생각에 두지 않으면 생각 쪽에 있는 에너지는 없어져 버린다. 생각을 계속 곱씹는다는 것은 생각에 계속 먹이(에너지)를 줘 그 생각을 키우는 것과 같다. 그러므로 단지 의식을 다른 대상으로 옮기기만 해도 그 생각은 힘을 잃고 사라진다. 그래도 또 생각이 떠오르면 다시 이를 알아차리고, 의식을 호흡으로 옮기기만 하면 된다.

감정도 같은 방법으로 그곳에 가 있는 의식을 다른 대상으로 옮기기만 하면 된다. 먼저 감정을 알아차리고, 의식을 호흡으로 옮겨 보라. 감정을 내가 하는 일로 빨리 옮겨 그 감정에 먹이(에너지)를 주지 말자. 감정도 내가 아니므로 나로부터 감정을 분리하고, '나는 고요함 속에 머물고 싶다' 하며 의식을 호흡으로 옮겨 호흡에만 집중해보라. 이렇게 집중시간을 5분에서 10분, 20분, 30분… 1시간까지 늘려보라.

그 어떤 생각도 고요함과 침묵보다 중요한 것은 없다. 침묵 속에서 내 안에 내재해 있는 빛과 지혜가 나오기 때문이다. 이렇게 명상은 하나의 대상(호흡)에 집중해 생각이라는 사념의 구름을 걷어주어, 가장 깊은 곳에 청정한 빛으로 있는 자신의 영혼에 다가가게 해준다. 그리하여 생각이 멈춘 침묵 속에서 우리는 모두와 연결된 '나 자신'으로 거듭나게 된다.

이렇게 생각, 감정, 몸에 대해 내가 알아차린 것과 명상으로 알게 된 것은 '에고로서의 나와 나의 몸은 내가 아니다'라는 것이다. 그 이유를 살펴보면, 나의 몸은 깜빡이며 나타났다 사라지는 물질로서 고정불변한 내가 아니고, 생각 역시 시시각각 변하며 나의 의지와는 상관없이 일어났다가 사라져 이것 또한 내가 아니기 때문이다.

이처럼 생각과 감정도 내가 아니므로 바라봐야 할 대상이다. 예를 들어 '화'라는 감정이 뇌에서 일어나 사라지는 데에는 90초가

걸린다고 한다. 그러나 90초 후에 '화'라는 감정이 사라지던가? 생겨난 '화'라는 감정은 계속 확대 재생되어 몇 년 후에도 그때를 생각하면 다시 '화'를 불러오기 때문이다. 이 또한 나의 의지와는 상관없이 나에게 붙어 있는 분노라는 감정체이다. 만일 이러한 감정체가 생각으로 인해 에너지를 얻으면 그 사람을 잠식시킬 만큼 커져 그 사람을 지배하기까지 한다. 특히 이런 감정체 중 생존을 위해 강화된, 두려움이라는 감정에서 나온 불안과 분노(화냄)는 우리의 본성(빛)을 철저하게 막아버린다. 그래서 그런 감정체는 청정하게 투명한 빛으로 있는 우리의 본성과 푸른 진주 같은 내면의 모습을 깜깜한 어둠의 상태에 머물게 한다. 따라서 나에게 고착된 감정들은 바라봄을 통해 알아차리고, 빨리 나에게서 분리해야 할 대상임을 알아야 한다. 그리고 놔줘야 한다.

이처럼 내 몸과 생각과 감정은 '내가 아니다'라는 것을 체험으로 알 필요가 있다. 이때 비로소 우리는 몸과 마음으로부터 진정으로 자유로워질 수 있다. 동시에 나의 내면에 빛으로 투명하게 빛나고 있는 본성(I am)을 알 때 그 본성의 특징인 기쁨과 행복이 내 안에 충만하게 된다.

내 안에 기쁨과 빛으로 있는 나의 본성과 만나게 해주는 것이 하나의 대상에 집중하는 명상이다. 집중이 깊어져 깊은 내면으로 들어갈수록 있는 것을 '있는 그대로' 볼 수 있는 지혜를 얻게 된다. 여기서 있는 것을 '있는 그대'로 볼 수 있는 지혜란 모든 물질은 찰나적으로 생멸하며 고정된 형체 없이 무상(제법무상)하다는 것을 아는 것이다. 또한 '나'라는 형상도 깜빡이는 물질의 집합체로서, 고정불변의 형상이 없는 '무아'를 아는 위빠사나 지혜이다. 가장 중요한 지혜는 순수의식으로서의 '나'는 양자적 특성을 갖는 '양자 마음(의식)'이라는 것, 그리고 진동에너지를 갖는 빛으로 모든 곳(다차원)에 중첩되어 동시에 존재함을 아는 지혜일 것이다.

이렇게 침묵 속에서 '나 자신'을 아는 명상을 하면 우리의 진동 주파수가 높아져 인간의 오감 너머의 매직 같은 세계까지 보고 알 수 있게 된다. 즉 의식의 영역이 확장된다는 의미이다. 이때 나는 낮은 주파수로 진동하는 덩어리 몸을 가진 '나'를 넘어 높은 주파수로 진동하는 미세한 의식으로, 한계 없는 존재로 거듭나게 된다. 이로써 의식은 우주의식이 되고, 나는 하나의 거대한 망(網)에 연결되어 진동하는 진정한 하나(Oneness)가 되며 한마음(Onemind)이 된다.

나 자신(I am)으로 존재하기

우리는 오직 내면의 바라보는 자(양자 마음과 의식, 빛)로 존재할 때 내 안에 있는 근원의 힘과 연결되는 것을 경험할 수 있다. 이때 우리는 더이상 개별 존재로서 소우주가 아닌 대우주와 연결된 한마음(빛나는 마음)으로 내 삶의 주인이 되어 창조하는 자가 된다. 또한, 생각을 멈추고 텅 빈 상태에 머물 때 일체의 번뇌와 고통으로부터 자유롭게 된다. 왜냐면 우리의 내면에 진정한 힘의 근원이 있기 때문이다.

그럼 어떤 상태가 'I am' 상태인 순수의식 상태인가를 아는 것부터 시작하자. 허령지각(虛靈知覺, 텅 비어 있지만 현묘하게 알아차림)으로 잠시 멈춰 조용히 내면을 들여다볼 때 보고 있는 자신을 아는 것이 미묘한 알아차림이다. 즉 생각과 느낌을 내면에서 조용히 '관찰자' 시점으로 지켜볼 때가 순수의식 상태이다. 이 상태는 생각이 잠시 멈춘 상태이다.

우리는 잠시도 쉬지 않고 끊임없이 생각이란 걸 하게 된다. 그리고 그 생각과 나를 동일시하며 산다. 이건 좋고 저건 싫다고 분별하는 나와도 동일시하며 살고 있는데, 그 생각과 그렇게 분별하고 있는 나를 '보는 자'가 있다. 이 미묘한 알아차림이 내면의 빛으로 있는 진정한 '나 자신'이다. 우리가 '나 자신(I am)'으로 있을 때 '현존(Being)'이라 한다. 말 그대로 생각이 멈추고 존재만 하고 있는 상태이다.

그런 상태에 이르면, 내 안에 이미 있는 신령한 존재가 텅 빈 상태로 조용히 나를 알아차리게 된다. 여기서 '알아차림'이란 '바라보다', '주시하다'라는 의미이다. 그리고 텅 빔이란 아무것도 없는 공간의 개념이 아니라 깊은 명상 시 내면의 상태로 텅 비어 보이는 우주 속에서 오직 '나'를 바라보는 시점으로 주시만 하는 상태를 말한다. 즉 생각이 없는 '무심한 바라봄' 상태이기도 하다. 이렇게 무심히 '나'를 주시하고 있는 영적 상태가 끊임없이 재잘거리고 있는 나의 내면에 이미 존재하고 있다. 그래서 이런 나 자신 (I am)을 경험하지 못하고 산다면 마치 생각의 먹구름 뒤에 가려져 있는 푸른 하늘을 알지 못한 채 깜깜한 상태로 사는 것과 같다.

알아야 할 나 자신을 알지 못하면 일생을 빈곤 속에서 사는 것과 같다. 진정한 풍요는 내면의 '나' 자신으로부터 비롯되기 때문이다. 좀 더 자세히 설명하면 내면의 나 자신은 '양자의식(마음)' 상태로 미세한 의식 상태이다. 물질이 미세하게 작아질수록 그 물질의 파동주파수는 높아진다. 즉 우리의 에너지가 높아진다는 뜻과 같다. 높은 진동주파수의 특징은 밝고 가볍고 부드러워서 우리가 하는 일에 에너지 소모를 최소화하여 힘들이지 않고 잘 되어지는 상태이다. 이렇게 높은 파동에너지는 우리를 그에 맞는 풍요로움의 장(場, field)에 연결되게 한다.

우리가 풍요의 장에 연결되면 '나 자신'의 본성인 기쁨과 행복이 내 안에서 화수분처럼 넘쳐난다. 이런 존재 상태인 텅 빈 바라봄으로 오래 머물면 나의 내면은 빛으로 가득 차게 된다. 그러면 영의 눈(제3의 눈)이 열려 머리의 정수리와 양 관자놀이에서 빛의 빔(beam)이 내면을 밝게 비추고, 이것이 머리둘레로까지 번져 마치 후광이 들어온 것 같은 상태가 된다. 그리고 이 빛은 몸 밖까지 비추어 얼굴에서도 빛이 나게 된다.

나 자신이 순수의식과 빛나는 마음 상태가 되어 나 자신으로 존재하면 내가 나로 알고 있던 몸이 없어져 버린다. 몸으로 들어오는 다섯 감각이 모두 끊어지는 것이다. 즉 좌뇌에서 들어오는 모든 감각이 차단되어 몸의 감각이 없어져 버리는 것이다. 그리고 시공이 사라진 상태로 오직 또렷하게 나를 지켜보는 의식만 있는 상태가 되고, 청정한 내면의 밤하늘에 펼쳐진 무수한 별들을 바라보는 텅 빈 알아차림의 상태에 도달한다. 이때 나와 외부를 나누는 경계가 사라져 나는 우주의 일부가 되고, 우주와 하나되는 경험을 하게 된다. 바로 그때 내 눈앞에 펼쳐져 있는 내면 하늘의 모습도 밝은 밤하늘에 수없이 많은 빛 알갱이들이 별처럼 반짝이는 우주 그 자체가 된다. 더는 말이 필요 없게 된다. 오직 나는 빛이고 파동으로 출렁이는 에너지이며, 우주의 일부이고 우주 그 자체이다.

'나' 자신에 대한 바른 앎이
나를 자유롭게 한다

잠시라도 생각을 멈춰 자신의 생각을 바라보자. 마치 물고기가 물을 인식하지 못하며 살고 있듯 나의 의식(마음)이 생각으로 어딘가에 가 있게 되면 '참나(진정한 나)'를 인식하지 못한 채 살게 된다. 나의 의식이 잠시라도 지금 이 순간의 여기에 '나 자신'으로 있지 못하고 어딘가로 가 있기 때문이다.

수행처에 처음 와서 '눈을 감고 앉아 호흡을 보세요!' 하면 참석자들 대부분이 단 1분도 오롯이 호흡에 집중하지 못하고 계속 뭔가를 생각하고 있는 자신을 발견하게 된다. 그리고 생각을 멈추고 10분이라도 오직 호흡에만 집중하는 것이 얼마나 어려운 일인가에 놀라곤 한다. 이것은 아주 큰 자각이다.

생각 중인 자신의 현 상태를 알고 그 생각을 하고 있는 '나'를 지켜보는 '나'가 있다는 걸 아는 체험은 매우 중요하다. 뭔가를 생각하고 있는 '나'를 알아차리고 이를 지켜보는 '나', 즉 '참나'를 아는 것에서 진정한 의식성장이 시작되기 때문이다. 이것은 또한 자유의 시작이고, 또 내면의 행복을 알고 자기 삶의 주인공이자 창조자로서 '나 자신(I am)'을 알아가는 시작점이 된다.

명상을 통해 내면으로 깊이 들어가면 나는 개체가 아닌 전체와 하나인 전체의식으로, 나와 외부 대상과의 구별도 없어진, 우주와 하나 된 상태의 '나'를 경험하게 된다. 이때 몸은 빛으로 가득 차게 된다. 왜냐면 우리는 충만한 기쁨이고 행복이며 투명하게 빛나는 빛이기 때문이다. 우리의 시선은 행복을 찾아 밖으로 밖으로, 그리고 물질로 물질로 향해 있지만, 진정한 행복은 내면에 있는 나 자신과 만남으로써 채워진다.

우리는 생각과 언어로 이루어진 불완전한 세계에서 산다. 모든 것은 언어로 정의되고, 그 언어로 끊임없이 생각하며, 있는 것을 '있는 그대로' 보지 못한다. 세상의 방식(집단 무의식)으로 정의하고 판단하며, 잠시도 멈추지 않고 생각이 나의 좌뇌에서 재잘거리고 있다. 그러니 오직 고요 속으로 들어가 생각의 먹구름 뒤에서 조용히 바라보고 있는 '나' 자신을 만나야 한다. 그럴 때 그 재잘거림은 멈추고, 평안과 행복이 나를 가득 채우게 된다.

우리는 이 귀한 삶을 통해 서로 사랑을 나누며 통합된 전체의식으로 성장하고 진화하여, 나는 우주의 일부이자 우주 그 자체임을 느끼고 체험하기 위해 이곳에 왔다. 이를 알면 우리의 시선은 자연스럽게 외부에서 내면으로 향하게 된다. 그러면 타자의 시선에서 해방돼 자유로울 수 있고, 자기 삶의 진정한 주인으로 살 수 있다. 내가 보고 있는 이 세상은 나의 의식이 내 안에서 창조해낸 나의 세상이다.

내면에 빛으로 있는 '나 자신(I am)', 즉 빛으로 있는 마음에 대한 앎은 지식이 아닌 내 안에서 체험으로 보고 아는 지혜를 의미한다. 그러므로 외부로 향해 있던 나의 관심과 시선을 내면으로 돌려보자. 나 자신이 진정으로 원하는 것이 무엇인지 들여다보고 내면에서 들려오는 목소리에 귀 기울여보자. 내면에 진정한 지혜가 있기 때문이다. 가슴에 집중하고, 그곳에서 올라오는 생각과 느낌에 집중하는 시간을 많이 가져보자. 그리하여 나 자신이 누구인지 어떤 존재인지를 알게 되면 진정한 자유와 의식의 지평이 넓어져 성장 또한 이루어질 것이다.

　많은 철학자, 영적 지도자, 종교계 지도자들의 말씀 중 공통된 하나가 있다. '당신 내면의 신성한 존재를 알라!' 다시 말해 '너 자신을 알라!'는 것이다. 우리는 오랜 시간 동안 우리 내면의 신성한 존재를 신으로 격상시켜 평범한 인간인 나와 분리해 버렸다. 누가? 우리 스스로가, 그리고 종교계 지도자들이, 그리고 지배자들이 이를 이용해 우리를 억압한 시절이 있었다. 시대가 바뀌어 우리는 21세기에 살고 있지만, 의식은 중세에 머물러 있을 수 있다. 우리를 보이지 않게 가두고 있는 시대적 관념과 집단 무의식, 관습, 종교 교리에서 벗어나 자유로워질 때 진정한 나 자신으로 성장하고 의식의 진화를 이어갈 것이다.

풍요의 주파수(파동에너지)

이렇듯 자신과 에고 의식이 만든 한계에서 자유로워질 때 우리는 무한 가능성의 존재로서, 파동으로 자유로이 움직이고 진동하는 미립자들의 집합체라는 것을, 그리고 의식(마음)을 가진 에너지(빛)라는 것을 알게 된다. 우리의 마음은 에너지장을 움직여 우리가 원하는 현실을 만들어 낼 수 있을 만큼 강력한 힘을 가졌다(12장 참조). 현실은 우리의 생각이 투사되어 드러난 것이며, 우리는 그런 현실 속 삶을 살고 있는 것이다. 그래서 에너지와 파동이 출렁여 생긴 현실은 마음(생각, 감정)으로 파동에너지를 더욱 높여 얼마든지 자신이 원하는 현실로 바꿀 수도 있다.

누구나 원하는 삶은 풍요롭고 행복한 그리고 사랑이 넘치는 삶일 것이다. 모두 조화롭고 이로운 마음들로 높은 의식의 파동에너지를 갖는다. 이렇게 높은 진동에너지의 특징은 밝고 가볍고 부드러워서 자유로이 변형할 수 있다. 반대로 낮고 느린 진동에너지는 어둡고 무겁고 딱딱한 특징을 지녀서 대조적이다. 우리는 누가 시켜서 지금의 환경에서 삶을 사는 것이 아니다. 내가 내보낸 마음과 생각 에너지, 그리고 나의 선택들이 모여 이루어진 곳에서 살고 있는 것이다. 그리고 그 생각으로 마음에서 만든 물질이 현재의 물질적인 환경과 내 몸의 건강 상태까지 바꾼다.

자유로워진다는 것은 이런 원리를 알고 생각을 바꿔 원하는 삶을 창조할 수 있다는 의미이다. 우리는 당장 세상을 바꿀 수는 없어도 나의 마음은 바꿀 수 있다. 그러니 세상을 바꾸려 애쓰지 말고 세상을 바라보는 나의 마음만 바뀌면 된다. 먼저 내 안에 사랑과 감사가 가득 넘치게 자신을 돌보고 마음을 가꿔보자. 사랑과 감사의 진동에너지가 다른 모든 것도 바꿀 것이다. 사랑과 감사와 같은 높은 진동에너지를 갖는, 고주파수로 고양된 마음은 나와 주변을 그에 맞는 높은 진동에너지로 출렁이게 하여 행복하고 풍요로운 삶이 펼쳐지도록 현실을 바꿔준다. 이런 높은 에너지를 내는 사랑의 마음은 무엇보다 나 자신을 행복하게 하고 얼굴에는 빛이 나게 해줘, 물질적 풍요뿐만 아니라 육체적 건강까지 보너스로 내어준다.

이처럼 모든 일에 감사하고 모두를 사랑하는 마음에서 나오는 생각의 높은 진동에너지가 풍요로움의 주파수이다. 예수께서 "너의 형제를 너의 영혼과 같이 사랑하라."고 하셨다. _〈누가복음〉 10:27, 〈마태오복음〉 22:35

이렇게 사랑을 강조하신 이유는 너의 형제와 너는 둘이 아니라 하나이며, 사랑이 우리 자신의 근본 마음이자 신의 마음이고 가장 높은 에너지로 진동하는 마음이기 때문이다. 이런 사랑의 마음이 우리 가슴에서 흘러나올 때 우리는 풍요 속에 있게 된다. 이는 정신적, 물질적 풍요 모두에 해당하는 말이다. 나의 마음이 이렇듯 높은 주파수로 진동하게 되면 그 진동수에 맞는 기쁨과 행복, 풍요의 높은 에너지 파동이 나와 주변을 바꿈에 따라, 그 파동에 맞는 현실이 끌어당겨져 나의 현실이 된다. 우리는 출렁이는 에너지장 속에서 살고 있다. 그러기 때문에 나의 진동 주파수가 높아지면 높아진 진동수에 맞는, 원하는 세상으로 바뀌는 것이다. 이것이 진정한 의미의 시크릿이고 행복의 열쇠이다. 그러니 우리의 마음을 사랑과 감사와 기쁨의 파동으로 출렁이게 하자!

끌리오처럼 나팔 불며 알리자

생각이 바뀌면 에너지가 바뀌고 삶이 바뀌는 이유는 생각도 물질이기 때문이다. 즉 마음에서 나오는 물질인 것이다. 그래서 생각이 물질과 파동의 성질로 양자적 이중성을 갖는 원리를 알면 우리는 마음의 힘을 알고 사용할 수 있게 된다.

우리 본성의 마음인 '나 자신'의 속성은 기쁨이고 행복이다. 다시 말해 기쁘고 행복할 때 우리는 잠시라도 '나 자신'인 상태에 머물러 있게 된다. 그래서 우리는 의도적으로 좋은 생각과 좋은 감정을 가지려고 노력해야 한다. 사랑, 감사, 용서, 화합, 조화, 평화와 희망 같은 이로운 마음에서 나오는 좋은 생각들은 우리 의식의 진동 주파수를 가장 높게 올려 준다. 마음의 물질인 생각의 파동에너지가 얼마나 강력하게 나의 삶을 바꿀 수 있는지를 알면, 남을 미워하거나 화를 내는 등의 해로운 마음인 부정적 에너지를 함부로 내보내지 않게 될 것이다.

밖으로 내보내는 나의 부정적 감정과 생각은 진동으로 그대로 나에게 되돌아오기 때문이다. 이런 낮은 에너지의 진동 주파수는 나를 낮은 에너지 상태의 빈곤 속에 머물게 한다. 또 이런 부정적인 마음에서 나오는 에너지는 한순간에 모든 일을 안 좋은 방향으로 바꿔버린다. 그러나 깨인 마음으로 바라보면 그것이 정확히 보인다. 마음에서 나오는 생각과 감정의 파동이 어떻게 현실을 바꾸는지 그 힘과 속도에 놀랄 것이다.

이뿐만이 아니라 부정적인 마음에서 나오는 에너지는 나 자신을 병들게 한다. 예를 들어 내가 상대방을 미워하게 되면, 미움이라는 감정의 낮은 진동에너지는 상대방에게 곧바로 가지 않는다. 그 낮은 진동에너지는 나를 낮은 에너지대에 머물게 해 나의 몸을 굳게 만들고, 소화도 되지 않게 하여 기분은 우울해지고 결국엔 병약한 몸만 내게 남긴다. 이런 원리를 알면 상대방을 이해하고 용서하는 것이 나에게 얼마나 좋은 일인지를 알게 된다. 이렇듯 내가 내보내는 생각은 파동으로 그대로 내게 되돌아와 나를 건강하고 행복한 풍요 속에 머물게도 하고, 나를 병들고 고통스러운 빈곤한 상태에 머물게도 한다.

반면에 내가 내보낸 사랑과 감사의 마음이 얼마나 나를 풍요롭게 만드는지를 알면 끌리오처럼 나팔 불며 이를 알리게 된다. 이처럼 내가 내보낸 마음(생각) 에너지에 의해 우리의 몸과 마음뿐 아니라 우리의 삶이 바뀌고 내 주변의 환경까지 바뀐다.

따라서 힘의 근원은 우리가 무의식적으로 내보내는, 마음에서 나오는 물질인 생각이다. 이렇듯 마음에서 비롯되어 생각이 내는 파동의 진동 주파수가 우리의 삶을 디자인하고 건강까지 결정한다는 것을 알 수 있다. 내가 수행처에서 마음수행을 할 때 내가 내보낸 마음이 사랑과 지혜의 마음에 바탕을 둔 자비, 함께 기뻐함, 연민, 용서와 같은 마음으로 보내지면 나의 내면은 빛으로 가득해져 얼굴에서도 빛이 났다.

반면에 두려움, 공포, 화냄, 질투 같은 해로운 마음에서 나오는 생각은 우리를 낮고 느리게 진동하게 해, 내면을 어둡게 하고 마음도 우울하게 해 건강까지 해치게 만든다. 수행처에서 마음수

행 때 의도적으로 만들어서 하는 해로운 생각만으로도 나의 내면
이 너무 깜깜해져 수행 주제만 확인하고 빨리 명상에서 빠져나왔
던 기억이 있다. 이처럼 마음이 만드는 생각에서 나오는 에너지
는 눈에 보이지 않아도 나의 삶에 강력한 영향력을 끼친다. 그러
니 무엇을 입을까 무엇을 먹을까를 생각하기 전에, 내가 어떤 의
도의 마음으로 생각과 행동을 내보내고 있는지를 점검해 봐야 할
것이다.

참 행복

　존재 자체에서 나오는 행복은 내 안에 있다. 우리는 내면의 바라보는 자로 고요히 머물 때 빛이 나고 지극히 행복한 상태가 된다. 생각이 멈추고 해석이 멈출 때 불행도 멈춘다. 상황을 '불행하다'라고 해석하는 내가 있을 뿐이다. 이 세상은 완벽하게 조화롭게 이미 펼쳐져 있다. 우리는 그 안에서 스토리를 만들며 살아가고 있다. 그런데 그 스토리를 만드는 주체는 좌뇌가 주관하는 작은 나, 즉 에고(Ego)이다. 참 주인인 '나' 자신은 뒤로 물러나 눈이 가려져 있고, 좌뇌 영역에서 '나다'라고 주장하는 이야기꾼이 나로 살아간다. 이 좌뇌의 관심사는 많은 부분이 생존과 번식에 있다. 그래서 주요 관심사가 오직 먹는 것과 이성에 많이 가 있다.

'나' 자신에 대한 바른 앎이 없으면 우리 내면 깊이 각인된 육체의 소멸에 대한 두려움에서 오는 근심, 걱정, 성냄 같은 감정들이 태양빛과 푸른 하늘을 덮는 먹구름 같이 하늘을 가려 낮에도 깜깜하게 변해버린 것과 같은 상태이다.

생각을 멈추고 존재 그 자체인 '나' 자신으로 머물게 되면, 내면의 하늘에 드리워진 먹구름이 걷히고 푸른 하늘과 빛이 환하게 내 안으로 들어온다. 그러니 끊임없이 떠오르는 생각과 두려움과 같은 부정적인 생각, 감정을 멈추어 보라. 그러면 우리의 내면에 빛으로 있는 의식이 본연의 모습인 행복으로, 빛으로 드러난다. 이것은 비유적 표현이 절대 아니다. 실재 내면의 모습이 그러하다. 행복은 내면에서 넘쳐흘러 몸과 마음을 흠뻑 적셔주고, 있는 그대로 행복한 그 자리로 들어간다. 그냥 그대로 머물면 된다. 그저 생각이 지나가게 하라. 그 생각을 붙잡지 말고, 그 생각에 먹이를 줘서 키우지 말자. 치고 올라온 생각과 감정은 그저 바라봐 주면 그만이다. 그럼 그것은 저절로 사라진다.

저항이나 밀어냄도 성냄의 낮은 에너지이다. 흔히 내가 옳다는 생각이 너무 강해 나와 다른 것들을 밀어내며 저항하기도 하는데, 이는 자신의 신념이 무너질까 두려워하는 것이다. 이때 강하게 화를 내게 된다. 이 또한 두려움에서 오는 자기 방어기제 중 하나로, 나의 빛나는 마음으로부터 멀리 떨어져 있는 깜깜한 상태이다. 이때도 바라봄, 받아들임, 순응과 같은 마음 자세로 바꾸어 '내 뜻과 맞지 않구나' 하면서 그저 바라보고 받아들이면 더는 내 안에서 먹구름을 만들지 않게 된다.

  진정한 행복은 몸과 마음이 건강한 상태이다. 그러니 나 자신을 먼저 살피고 사랑하자. 우리는 누군가 나의 노고를 알아봐 주고 인정해 주길 바란다. 하지만 밖에서 인정을 구하지 말고, 스스로 마음을 살피고 알아봐 주면서 나의 노고를 칭찬해 주자. 또 행복을 찾아 멀리 떠날 필요가 없다. 지금 여기에서 행복할 수 있도록 오감을 이용하여 행복했던 순간들로 마음(생각)을 옮기기만 하면 된다. 산들바람이 기분 좋게 머리를 흩날리는, 오솔길을 걷는 자신을 바라보자. 청량한 바람을 느껴보고 숲속의 맑은 공기도 느껴보고, 마치 귓가에 있는 듯 새소리며 계곡물 소리도 느껴보고, 좋아하는 것에 의식을 집중해보자. 세포 하나하나가 통통 뛰며 어린아이들처럼 깔깔 웃는 모습을 상상해보자. 세포들이 기분 좋은 에너지를 주고받으며 반짝반짝 빛을 내는 모습을 심상화하여 보자. 특히 잠들기 전에 이런 기분 좋은 상상(생각)을 하면 숙면을 이루어, 다음날 가벼운 몸과 마음으로 깨어나게 된다.

그러므로 안 좋은 감정이나 기분에 마음(생각)을 두지 말고, 기쁘고 행복한 것으로 생각을 옮기기만 하면 된다. 마음(생각)이 가는 곳에 내가 있기 때문이다.

그리고 눈을 감고 마치 항아리 속을 가득 채우듯 내 몸속에 행복 에너지를 가득히 채워 그 행복이 넘치도록 차오르는 모습을 상상해보라. 이런 마음을 자주 가지면 실제로 세포까지 기뻐하고 행복해진다. 이때 얼굴은 햇빛 하늘을 향해 눈을 감고, 온몸으로 그 햇빛을 받아 나의 몸 항아리에 행복과 빛 에너지를 가득 채운다는 느낌으로 하면 효과가 극대화된다.

너 자신을 사랑하라!

이제는 우리 자신을 돌볼 때이다. 그러니 우리에게 쉼을 주자. 바쁘게 사는 현대인들이 자주 듣는 이야기 중 하나이다. 이 말은 말로만 들어도 위안이 되는 말이기도 하다. 많은 이들이 너무 바쁘게 일에 치중하며 사느라 모든 관심을 외부에 집중하다 보니, 정작 자기 자신은 소외되어 내 안의 '나 자신'을 까맣게 잊고 살 때가 있다. 더욱이 어떻게 하는 것이 정작 나 자신을 사랑하는 것인지도 모른 채 살기도 한다. 우리가 다른 사람을 사랑하는 법은 어릴 때부터 많이 듣고 배워 어느 정도 알고 있다. 다른 사람에게 친절하게 대하고, 배려하고, 이야기를 들어주고 등등 같은 방식으로 나 자신에게도 하면 된다.

나에게 '수고했다' 말해 주고, 힘들면 쉬어 주고, 내면에서 올라오는 소리에 귀 기울이고, 더 들으려고 노력해 보자. 나에게 집중하고, 기다려 주고, 지금 이 순간 내가 무엇을 생각하고 있는지를 바라보고, 내가 왜 화를 내는가를 들여다보고, 내가 왜 힘들어하는가를 생각해 보자. 내가 무엇을 좋아하고, 정작 무엇을 하고 싶은가를 들여다보고 살펴 주자. 이것이 내가 나를 사랑하는 방법이다.

나에게 휴식을 주고, 수고했다고 위로해 주고, 그것이 맞는지 내게 물어보고, 내면에 귀 기울여 나 자신에게 집중해보라. 의식을 심장에 집중하여 내 안에서 '나'와 하나 됨을 느껴보고 대화해 보라. 이렇게 나를 깨울 때이다. 물론 처음부터 곧장 답이 올라오지는 않는다. 내면의 소리를 듣기 위해 오래오래 기다리며 의식을 집중하다 보면, 어느 날 일순간에 내면의 소리가 올라옴을 느껴 알게 된다. 그것은 소리로 올라오지는 않는데도 마치 들리는 듯 내면에서 올라온다. 이렇게 생각과는 뚜렷이 구별되는 내면의 소리에 귀 기울이고, 내면의 나 자신과 소통하는 연습을 거듭해 나 자신을 소외시키지 않아야 한다. 그렇게 한계 없는 나를 느껴 알면, 한계 없는 나는 항상 내 안에 있다. 이런 느낌은 말로 설명되는 것이 아닌, 내가 내 안에서 발견해야 할 미세한 느낌이다.

"만약 너희가 너희 내면에 있는 것을 끊임없이 구하여 구한다면, 그 구해진 것이 너희를 살릴 것이다"_〈도마복음〉70장

내 안에 빛으로 있는 이것이 나를 구하고, 나와 내 주변을 밝게 비출 수 있도록 먼지 닦듯이 마음을 닦아주는 것이 명상이다. 명상은 어려운 것이 아니다. 어느 한 대상(호흡 또는 빛)에 의식을 집중함으로써 생각(내면의 빛을 가리는 것 : 근심, 걱정, 불안, 불만, 의심, 질투, 비교, 우울, 성냄 같은 상념들)을 잠시 멈춰 세우고, 그 틈 사이로 잠시라도 우리의 본성인 빛과 지혜가 나오게 하는 작업이다. 이것은 언제 어디서나 할 수 있다. 언제 어디서든 의식을 호흡에 두고 호흡을 바라보면 된다. 처음부터 잘될 것을 기대하지 말자. 명상은 잊힌 내면의 빛을 찾아가는 프로그램과 같다. 그 빛은 누구에게나 처음부터 우리 내면에 지니고 있는 것이지만 지금은 연결이 거의 끊어진 상태에 가깝다.

그래서 명상은 새로운 프로그램을 나에게 까는 작업과 같고, 시간이 날 때마다 틈틈이 꾸준히 해야 효과가 있다. 이때 마음의 정화를 병행하면 좋다. 타인에 대한 판단을 멈추고 나의 에너지를 갉아 먹어 우리를 병들게 하는 두려움, 분노와 같은 감정체도 나에게서 분리해야 우리의 에너지가 높아져 내면에 다가가기 쉽다.

앞에서 많이 언급했듯 내면의 '나' 자신은 미세해서 에너지가 높다. 즉 나의 내면의 본성은 빛이고, 기쁨이고, 사랑으로 빠르게 진동하는 높은 주파수대이다. 그래서 두려움, 불안, 분노 같은 낮은 주파수로는 높은 에너지로 진동하는 내면에 접속되지 않는다.

따라서 시간이 날 때마다 산이나 숲 같은 조용한 곳에서 좀 더 편안해지는 기분 좋은 에너지로 내면을 차오르게 하자. 이렇게 하다 보면 무뎠던 감각이 조금씩 열려 미세한 느낌을 더 잘 느끼게 되고, 이런 과정이 즐거워질 것이다.

그리고 타인들 또한 나와 같이 한계 없는 신령한 존재라는 것을 알고, 서로 위로하고 서로 존중하자. 이것이 사랑이다. 타인을 사랑하는 것은 곧 나 자신을 사랑하는 것과 같다. 그들과 나는 둘이 아니다. 그들은 나의 또 다른 모습들이다. 그들도 나와 같이 외롭고, 쉽게 상처받고, 쉽게 화내고 그런다. 그러나 그들의 내면도 나처럼 푸른 진주로 반짝반짝 빛나고 있는 위대한 '영'들이다.

가진 모든 상품을 팔아, 자신이 발견한 진주를 사는 현명한 상인처럼 녹슬지 않고 벌레 먹지 않는 보석을 구하고 잘 간직하는 현명한 여러분들이 되시길. _〈도마복음〉 76장[52]

52) 〈도마복음〉 76장: "아버지의 나라는 진주를 발견한 한 상인과도 같다. 그
상인은 가진 모든 상품을 팔아 자신을 위해 하나의 진주를 샀다. (중략) 벌
레 먹지도 않고 썩지도 않는, 변치 않는 그 보물을 구하라."
여기서 진주는 내면에 빛나고 있는 '참나'를 형상화한 것이라 생각된다.
명상의 과정에서 4번째 상태인 작은 "푸른 빛(푸른 진주)라고 불리는 '참
나'의 빛을 본다"와 비교해 보면 이해가 쉬울 것이다.

Q&A

Q1) 물질 몸을 가지고 사는 우리가 '참나'인 양자의식으로, 입자와 파동으로 중첩되어 존재하는 양자적 특성을 띤 존재임을 자각한다는 것은 무슨 의미인가요?

누가 보아도 우리는 몸을 가지고 위치를 점유하며 살고 있다. 그러나 내면의식으로서의 '나'는 미세한 양자의식(마음)으로 양자적 특성을 가지고, 몸과 상호보완적인 관계를 갖는 존재이다. 파동으로 출렁인다는 것은 에너지를 갖는다는 의미이고, 에너지란 그 크기에 따라 가능성의 스펙트럼이 다양해서 그 가능성을 넓힐 수 있다는 뜻이 된다.

또 우리가 물질 몸을 가진 존재로만 인식하고 산다면, 그런 나는 필연적으로 몸의 한계를 갖는다. 그러나 또 다른 가능성을 알게 되면 그러한 한계에서 자유로워질 수 있다. 물질 소멸, 즉 죽음에 대한 두려움은 우리의 무의식에 가장 깊이 강하게 각인된 감정이다.

두려움은 인류가 수많은 생애를 거치는 동안 맹수에 쫓길 때 생존에 필요했던 감정이기도 하지만, 맹수에 쫓길 일 없는 현대에도 보이지도 않고 자신도 알 수 없는 두려움이 우리를 지배하고 있다.

우리는 자유롭게 춤추듯 물결치는 입자들의 집합체로 의식을 가진 에너지(빛)이다. '나'라는 고정불변하는 상은 없다. 존재 속으로 들어가 '나' 자신을 알면, 우리가 놀랍도록 경이로운 존재라는 것을 깨닫게 된다. 내가 내보낸 마음(생각) 에너지에 따라 우리는 무한 가능성을 실현할 수 있는 세상에 살고 있음을 알게 된다. 실패란 없다. 단지 시도하지 않음이 있을 뿐 모두 귀중한 삶의 경험들이다. 그러니 두려워할 것도 없다. 내 안에 자리 잡은 두려움이라는 감정체가 그저 자기를 알아 달라고 신호를 보내는 것뿐이다. 두려움은 마주해서 알아봐 주고 달래어 나에게서 놓아주자. 그 두려움이라는 감정체도 자유로워지고 싶어 한다. 그것을 알면 당신도 그렇게 할 수 있다.

Q2) 어떻게 감정(마음)으로부터 자유로워질 수 있나요?

'있는 그대로'를 들여다보고 그것을 흘러가게 놓아주자. 빨리 그 생각에서 벗어나 나의 의식을 다른 기분 좋은 생각으로 옮기기만 하면 된다. 의식이 가는 곳으로 에너지가 가기 때문에 낮게 진동하는 부정적인 생각에는 에너지 공급을 그만 끊으라는 뜻이다.

내면을 들여다보고 내가 힘들어하는 것, 싫어하고 저항하는 것이 무엇인지 먼저 보라. 아는 것만으로도 큰 도움이 된다. 그리고 저항하기를 멈추면 바로 그곳으로 가는 에너지 낭비를 멈추는 것과 같다. 우리는 현재의 감정 상태에 의존해 말이나 상황을 받아들이는 경향이 있다. 이 말은 '있는 그대로'의 사실이 아닌, 나의 해석으로 받아들인, 실재하지도 않는 사실을 가지고 '좋다 싫다' 하며 저항하고 있는 상태를 말한다. 더욱이 그 상황을 계속 생각함으로써 거기에 에너지를 공급하면 그런 감정은 증폭되기 마련이다. 그러니 그 상황과 감정에 대한 나의 해석을 제거하고, 그것을 '있는 그대로' 마주하여 바라보고, 흘러가게 놓아줄 때 그 감정에서 자유롭게 된다.

우리는 오감으로 생각하고 느끼는 내가 있어 힘들고 괴로운 것이다. 그리고 이것으로부터 자유롭지 못하다. 감정과 생각들을 나와 분리된 대상으로, 그것들을 마치 제3자인 듯 한 발짝 떨어져 바라다볼 때 우리는 그것들로부터 자유를 얻는다. '나'라는 생각과 감정 너머로, 오직 '바라보는 자'의 시선으로 나를 보게 되면, 이 세상은 거대하게 출렁이는 하나의 에너지 흐름이다.

따라서 에너지로 진동하는 나를 높은 진동주파수로 진동하게 하여 우울, 스트레스, 불안 같은 낮은 에너지로 진동하는 감정에서 벗어나 기쁨과 감사함으로 진동하게 하자. 높은 진동주파수로 나를 차오르게 하는 것은 생각보다 쉽다. 의식의 초점을 싫은 쪽에서 좋아하는 쪽으로, 우울한 쪽에서 기쁘고 즐거운 쪽으로 돌려보라. 이런 식으로 나의 마음을 옮기면 나의 에너지 또한 그쪽으로 가게 되어 즐겁고 기분이 좋아진다. 기억하자! 기쁜 일이 있어야 기쁜 것이 아니다. '내 안에 기쁨이 가득히!'라고 생각하고 호흡만 크게 해도 기뻐지고 에너지가 높아져 몸은 가볍고 마음은 행복해진다.

내 생각에 따라 모든 것이 바뀐다. 내가 원하는 것은 모두 내 안에 있다. 그러니 밖에서 기쁨과 행복을 구하지 말자. 호흡할 때 '내 안에 기쁨이 가득히' 하며 들이쉬고, '내 안에 행복이 가득히' 하며 내쉬어 보자. 걸을 때 '내가 편안하고 행복하기를' 하며 호흡을 들이쉬고 내쉬어 보자. 이런 호흡명상을 언제 어디서나 시간 날 때마다 잠깐이라도 틈틈이 하자. 수십 년 아니 수만 년 동안 내게 축적된 나의 습관이 바뀌려면 꾸준히 해야 한다. 나의 생각이 곧 나의 현실이 된다. 감각까지 활용하여 좋은 생각으로 행복한 느낌이 들게 하는 일과 상황을 생각해 보자! 그럼 그 생각이 당신의 미래가 되어 당신 앞에 펼쳐질 것이다.

Q3) 행복하고 풍요로운 미래가 나의 현실이 되려면?

우리는 의식(마음)을 갖고 진동하는 에너지(빛)이기 때문에 무엇보다 먼저 '나'의 진동에너지를 높여야 한다.

- 고강도 운동으로 육체를 건강하게 만들어 몸의 에너지를 높이고, 세포 하나하나가 높은 주파수로 진동케 하자.

- 자연을 가까이하여 자연의 에너지와 공명해 보자. 자연은 가장 강력한 치유의 에너지로 항상 우리를 치유해 주는 최고의 힐

러(healer)이다.

– 자애의 명상을 나와 내 주변에 보내어 그들과 조화롭게 공명함으로써 마음의 진동에너지를 높이자. '내가 평안하고 행복하기를' 하며 나에게 먼저 자애의 마음을 보내 나를 건강하고 행복하게 해주고 나의 에너지를 높이자. 그런 다음 같은 방식으로 상대방이 잘되기를 기원해 주면 내가 내보낸 마음은 파동으로 몇 배로 나에게 되돌아와 나를 더욱 기쁘고 풍요롭게 할 것이다.

이렇게 나의 몸과 마음의 진동에너지가 바뀌어 에너지가 높아지고 행복해지면, 나의 주변에 그 진동에너지에 맞는 사람이 모이고 나의 삶의 질도 높아져 모든 것이 풍요로워진다.

Q4) 마음(의식)이 진화해 성장한다는 것은 무슨 의미인가요?

나는 이 몸과 이 생각이 나의 전부가 아니라는 것을 아는 것, 나는 다차원적 존재라는 것을 아는 것. 즉 공간적 의식확장을 통해 다양한 장(場, field)에서 일어나는 체험도 나의 일부라는 것을 알고, 모든 가능성의 장에서 자유롭게 체험하고 성장해 가는 과정에 있다는 것을 아는 것이다.

이를 양자역학적으로 말하면, 다른 평행우주에서 다양한 체험을 하는 또 다른 나의 경험도 현재의 나의 경험으로 끌어쓸 수 있다. 결과적으로 그만큼 나의 경험의 폭이 넓어진다는 말과 같다. 이는 다양한 가능성을 현실에서 더 많이 이룰 수 있다는 의미이기도 하다.

마음을 열면 이렇게 내 안에 잠재된 놀라운 능력을 꺼내 쓸 수 있다. 다만 이를 의심하지 말고 나를 맡겨야 한다. 나는 그저 거기에 집중해서 나의 할 일을 한다면 내면에서 무궁한 아이디어가 나올 것이다.

내가 지금 이 책을 쓰고 있는 것도 나의 능력 이상이다. 책을 쓰면서도 평행우주 속 또 다른 나에게 '이 책을 읽는 많은 이들에게 도움이 될 수 있도록 더 많은 정보를 주세요' 하며 계속 도움을 청한 것이다. 그러자 다양한 방법으로 답이 왔다. 직접적으로는 자각몽 같은 꿈으로, 또 명상으로, 책이나 다른 이의 강의 등에서도 아이디어가 내 눈에 들어오도록 그들이 나를 도왔다. 온 우주가 나를 도운 것이다. 또한 온 우주가 당신을 응원하고 돕고 있다.

이렇게 모든 감각을 동원해서 앎이 넓어지고 의식이 넓어져야 높게 진동하는 에너지대의 차원에 이르기까지 다양한 체험이 가능해진다.

Q5) 한마음, 참나, 바라보는 마음(의식)은 어떻게 체험되나요?

내 안에서 바라보는 마음(의식)은 바로 '나 자신(I am)'이다. 자신의 내면에 있는 진정한 '나' 자신을 느낌으로 알아야 한다. 생각을 멈추면 드러나는 자리이다.

내면의식으로 나 자신을 조용히 바라볼 때 에고의 자기방어적 투덜거림은 슬며시 사라진다. 이때 고요히 바라보고 있는 느낌을 느껴보자. 산이나 들, 자연에서 잠시 생각을 멈추고 내면의 내가 보고 있다는 느낌으로 보자!

나는 가끔 대상(나무나 바위 등)을 '바라보는 자'로(또는 관찰자 시점으로) 보는 것을 즐긴다. 이때도 생각을 잠시 멈추고 대상에만 집중한다. 그러나 우리가 일상생활에서 생각과 감정을 지켜보는 일이 쉽지 않다. 그래서 조용한 곳을 찾아가 눈을 감고 호흡에 집중하고 있으면 생각이 올라오는 것을 쉽게 알 수 있다. 이때 그 생각을 나와 분리해서 알아차리면 그 생각이 슬며시 사라진다.

하루에 단 몇 분이라도 내면으로 나의 의식을 집중하는 시간을 가질 필요가 있다. 그러지 않으면 내가 누구인지도 모를 뿐 아니라, 그 생각을 지켜보는 내가 내면에 있다는 것을 알지 못한 채 일생을 살게 된다.

이 생각과 이 몸은 진정한 내가 아니다. 이 몸은 길게는 100년을 입고 있는 옷과 같고, 이 생각 역시 살아남기 위한 자기방어적 좌뇌의 재잘거림일 뿐이다. 이 재잘거림이 멈출 때 내면에 있는 진정한 나는 고요하게 지켜보고 있다. 그곳은 오직 평안하고 잔잔한 행복이 있을 뿐이다. 이런 '나'는 청정하게 빛나는 '빛'으로 내 안에 있다. 다만 발견되기를 기다리며.